KB114738

LORD RAYSHADE
영주 레이샤드

한승현 판타지 장편소설

FANTASY FRONTIER SPIRIT

영주 레이샤드 3

한승현 판타지 장편 소설

초판 1쇄 찍은 날 § 2014년 6월 17일
초판 1쇄 펴낸 날 § 2014년 6월 24일

지은이 § 한승현
펴낸이 § 서경석

편집부장 § 권태완
편집책임 § 박은정

펴낸곳 § 도서출판 청어람
등록번호 § 제387-1999-000006호
등록일자 § 1999. 5. 31
어람번호 § 제1-1874호

주소 § 경기도 부천시 원미구 부일로 483번길 40 서경B/D 3F (우) 420-822
전화 § 032-656-4452 팩스 § 032-656-4453
http://www.chungeoram.com
E-mail § chungeorambook@daum.net

ISBN 979-11-316-9064-2 04810
ISBN 979-11-316-9036-9 (세트)

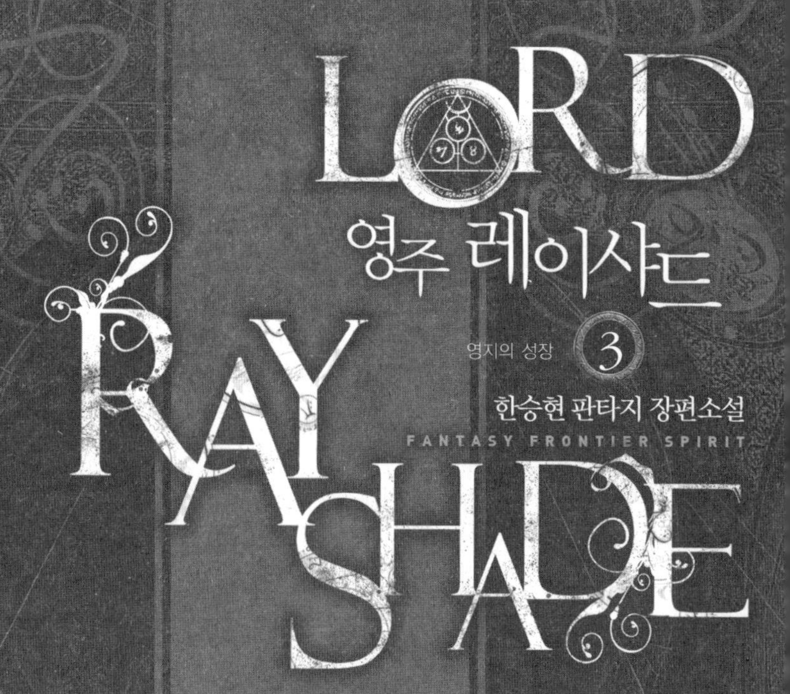
LORD
영주 레이샤드
RAY SHADE
영지의 성장
3
한승현 판타지 장편소설
FANTASY FRONTIER SPIRIT

LORD RAYSHADE

영주 레이샤드

CONTENTS

제13장

빛의 마탑 북부 지부 Part 1

1

“1만 골드요? 그게 정말입니까?”

골드마크가 1만 골드에 금덩어리를 처분했다는 사실에 아돌프는 정신을 차리지 못했다.

그렇지 않아도 흑철광산 개발과 농경지 정리 문제에 아카데미 예산 집행 문제까지 더해져 지출이 늘어난 상황이라 골치가 아팠는데 때마침 자금이 들어왔으니 조였던 숨통이 트인 기분이었다.

“혹시 부족하십니까?”

골드마크가 슬며시 말을 붙였다.

이번 거래로 인해 따로 챙긴 돈만 59만 골드다.

아베론 영지에 필요한 자금이라면 어느 정도까지는 더 융통해 줄 마음이 있었다.

그러나 아돌프는 그 정도로도 충분하다며 고개를 흔들었다.

"이미 충분히 과한 돈을 받았습니다."

아베론 영지가 주변 영지들로부터 받는 지원금은 대략 3천 골드 정도다.

그중에서 아베론 영지의 실질적인 영지 운영비는 1천 골드면 충분했다.

그런데 1만 골드를 받았으니 향후 10년간 영지 운영은 걱정할 필요가 없게 됐다.

그 정도로 1만 골드는 아베론 영지에 큰돈이었다.

1만 골드를 잘 사용한다면 당장 시급한 문제는 전부 해결할 수 있었다.

물론 돈이야 많을수록 좋은 일이겠지만 그렇다고 영지에 온 손님들의 주머니를 탐할 수는 없는 노릇이었다.

"언제든지 자금이 필요하시다면 말씀하십시오."

골드마크가 웃는 얼굴로 말했다.

레이샤드의 재산을 불리는 것만큼이나 중요한 것은 아베론 영지의 재정을 안정적으로 유지하는 것이었다.

만에 하나 아베론 영지가 자금 문제로 휘청거린다면 레이샤드의 재산을 관리하는 의미가 없어진다.

"그렇게 하겠습니다."

아돌프도 따라 미소를 보였다.

하지만 그는 골드마크의 말을 진지하게 받아들이지 않았다. 손님으로서 관례적으로 해본 말이라고 여겼다.

1만 골드라는 여유 재정을 확보한 아돌프는 재정 담당 조르만과 상의해 지출을 시작했다.

일단 아카데미 건립 문제와 관련해 추가 예산으로 500골드를 책정했다. 그리고 흑철광산의 1차 개발비로 2천 골드를, 농경지 정리 비용으로 500골드를 투입했다.

그렇게 순식간에 3천 골드라는 거금이 나가자 조르만은 한동안 말을 잇지 못했다.

그가 아베론 영지의 재정 담당 관리가 된 이래 지금껏 이토록 많은 지출이 있었던 적은 처음이었다.

"영주님께서 너무 의욕적으로 일을 추진하시는 것 같아 걱정입니다."

조르만이 걱정스런 얼굴로 말했다.

영지의 자금을 알뜰하게 관리해야 할 의무와 책임이 있는 그로서는 아베론 영지의 한 해 지원금과 맞먹는 지출이 마땅치 않았다.

"이해하십시오. 그동안 고민하셨던 문제들이 동시에 해결이 됐으니 신이 나신 모양입니다."

아돌프가 웃으며 조르만을 달랬다.

어지간해서는 레이샤드를 두둔하고 싶었지만 동시에 이토록 많은 일을 벌이는 건 자신의 성격과도 맞지 않았다.

그나마 다행인 것은 추진 중인 개발 사업이 아직까지 별문제 없이 진행되고 있다는 것이다.

가장 오랜 숙원이었던 농경지 복원 문제는 일차적으로 시험 재배 중이었다.

결계 지역에서 찾아낸 식물들이 정말로 마기 제거에 효과가 있다는 게 확인된다면 씨앗을 확보한 뒤에 영지의 모든 농경지에 확대 재배할 생각이었다.

게다가 브론즈 남작가의 마법사 라인하르트는 식물들이 단순히 마기를 흡수하는 효과만 있는 게 아니라고 말했다.

자세한 건 조금 더 연구를 해봐야겠지만 상품화가 될 가능성이 높다고 언급했다.

만일 그의 말대로 식물들을 상품으로 내다 팔 수 있다면 당장 영지의 재정에도 도움이 될 것이다.

식물들의 시장적인 가치가 어느 정도인지는 모르겠지만 마기에 물들어 놀리던 농경지를 회복시키면서 돈까지 벌 수 있다면 그보다 좋은 일은 없었다.

영지의 가장 시급한 문제였던 광산 개발도 순조로웠다.

광부들이 워낙 열성적인 탓에 올해가 가기 전에 본격적인 채광이 이루어질 것 같았다.

광부들이 시범적으로 채광한 바에 따르면 매장되어 있는 흑철의 질도 상당히 우수한 것으로 조사되었다.

만일 본격적으로 흑철 채광에 들어갈 경우 주변 영지의 지원금을 받지 않는, 아베론 영지의 재정적인 독립도 가능해질 전망이었다.

가장 최근 들어 골치를 썩였던 아카데미 문제도 가르시아가 합류하면서 한시름 놓은 상황이었다.

가르시아는 자신이 학자들을 구해보겠다며 걱정하지 말라고 말했다.

덕분에 아카데미 설립을 주도했던 모비드는 건설 위주로 신경을 쓰고 있었다.

그런 아카데미 설립의 최대 난관이었던 추가 재정 문제까지 해결됐으니 아카데미도 내년쯤 문을 열게 될 것 같았다.

그때를 맞춰 학자들만 영지에 도착해 준다면 아베론 영지도 문맹으로부터 벗어날 수 있게 된다.

최근 아베론 영지의 분위기는 나쁘지 않았다. 아니, 솔직히 말하자면 근래 들어 가장 좋았다.

관리하는 입장에서는 무겁게 가라앉는 것보다 활기찬 게

영지를 훨씬 나았다.

“아무래도 브론즈 남작가가 행운을 가지고 온 것 같습니다.”

조르만이 이 모든 공을 브론즈 남작가에게 돌렸다.

브론즈 남작가가 온 이후로 일들이 술술 풀리기 시작했으니 그렇게 여기는 것도 무리는 아니었다.

“흠……. 그런가요?”

아돌프는 살짝 미간을 찌푸렸다.

인정하고 싶지 않지만 브론즈 남작가의 도움을 받은 게 적지 않은 건 사실이었다.

브론즈 남작가가 아베론 영지를 방문하면서 많은 게 달라졌다.

브론즈 남작가에서 내놓은 금덩어리 덕분에 아카데미를 지을 수 있게 됐다.

브론즈 남작가의 전속 마법사인 라인하르트 덕분에 골칫거리였던 마법진 문제도 해결되었다.

마법진의 변경이 이루어지면서 영지가 확장됐다. 영지가 확장되면서 흑철광산을 발견했고 마기를 흡수하는 식물도 구할 수 있었다.

어찌 보면 이 모든 게 브론즈 남작가 덕분이었다.

조르만의 말처럼 브론즈 남작가가 아베론 영지를 방문한

것 자체가 행운인지도 몰랐다.

하지만 그렇기 때문에 아돌프는 불안했다.

그들이 아베론 영지를 찾아와 이토록 많은 도움을 줄 이유가 없었기 때문이다.

'정말 행운일까? 아니면 행운으로 가장한 불행일까.'

아돌프는 속이 탔다.

아직까지 소식이 없는 답장이 그저 야속하게만 느껴졌다.

2

빛의 마탑 북부 지부에서는 한 달에 한 번씩 아베론 영지 근역으로 와 마법진의 효과를 측정해 갔다.

마법진은 아베론 성을 중심으로 반구형으로 펼쳐져 있기 때문에 굳이 북쪽 결계까지 가서 살피지 않아도 상관없었다.

빛의 마탑 북부 지부를 나선 견습 마법사 데이먼은 아베론 영지의 마법 결계를 확인하기 위해 북쪽으로 올라갔다.

그리고 기준 지역(마법 결계가 통과하는 마나 밀도가 높은 지역)의 마나 밀도를 살폈다.

그런데…….

"뭐야? 이거 왜 이래?"

아무리 조사해 봐도 마법 결계는 감지되지가 않았다.

한 달 전까지만 해도 아베론 성의 남쪽 마법 결계는 기준 지역을 통과하고 있었다.

마법진의 불안정성 때문에 마법 결계가 기준 지역을 살짝 넘어서거나 혹은 기준 지역에 조금 못 미치는 경우가 있긴 했지만 지금껏 기준 지역을 크게 벗어나는 일은 단 한 번도 없었다.

그렇다면 기준 지역 어딘가에 마법 결계가 펼쳐져 있어야 옳았다.

하지만 아무리 마나 감지석을 가져다 대봐도 마법 결계를 찾을 수가 없었다.

"이게 대체 어떻게 된 거지?"

데이먼은 당혹스러웠다.

마치 누군가의 장난처럼 마법 결계가 휙 하고 사라져 버린 기분이었다.

데이먼은 즉시 빛의 마탑 북부 지부로 돌아갔다. 그리고 스승인 마법사 케이닌에게 이 사실을 알렸다.

"이런 멍청한 놈을 봤나! 마법 감지기까지 줬는데 고작 마법 결계 하나 찾지 못했단 말이냐?"

케이닌은 자신의 어수룩한 제자가 마법 결계를 놓쳤을 것이라고 여겼다.

설마하니 마법 결계가 정말로 사라져 버렸을 것이라고는

조금도 의심하지 않았다.

데이먼과 함께 기준 지역에 도착한 케이닌은 마나를 활성화시켰다. 그리고 숨어 있는 마법 결계를 찾기 위해 노력했다.

하지만 한참 동안 마나를 방출시켰는데도 반응하는 게 아무것도 없었다. 데이먼의 말처럼 마법 결계가 완전히 사라져 버린 것이다.

"이상하다. 이럴 리가 없는데……."

케이닌은 데이먼처럼 당혹스러움을 감추지 못했다.

5레벨 마법사인 자신의 실력으로도 감지해 내지 못했다는 건 정말로 마법 결계가 없음을 의미했다.

"어찌 된 일인지 알아보거라."

케이닌은 데이먼을 시켜 상황을 알아보라 일렀다. 그리고 잠시 후,

"스승님!"

데이먼은 아베론 영지를 오가는 상인들을 통해 마법진이 수정되었다는 소문을 가지고 돌아왔다.

"마법진이 수정되었다니! 감히 누가 그런 말도 안 되는 짓을 벌였단 말이냐?"

이야기를 전해들은 케이닌은 흥분을 감추지 못했다.

아베론 영지에 펼쳐진 마법잔은 빛의 마탑의 상징과 같은

것이었다.

대륙에서 오직 빛의 마탑의 마법사들만이 관리할 수 있도록 정해진 것이었다.

설사 제국의 황실이라 하더라도 빛의 마탑의 허락 없이 마법진을 변경할 수는 없었다.

그런데 누군가가 겁도 없이 마법진을 건드렸다. 결코 용납할 수 없는 일이 일어난 것이다.

물론 케이닌도 영지를 넓히고 싶어 하는 아베론 영지의 사정을 모르는 바는 아니었다.

그 일로 몇 번이나 빛의 마탑에 서신을 보냈다는 걸 모르는 소속 마법사는 한 명도 없었다.

하지만 그렇다고 해서 다른 마법사를 끌어들여 마법진을 건드린 행위는 비난받아 마땅했다.

아베론 영지에 펼쳐진 보호 마법진은 단순히 아베론 영지만을 위한 게 아니었다. 모든 대륙민의 안위를 위해 설치해 놓은 것이었다.

게다가 마법진 자체가 워낙 까다롭기 때문에 잘못 건드렸다간 이상이 생길 가능성이 높았다.

만에 하나 마법진을 수정하는 과정에서 마법 결계에 균열이라도 일어났다면? 아베론 영지가 마기에 물드는 건 시간 문제였다.

"서둘러라!"

케이닌과 데이먼은 새로운 기준 지역을 찾아 다급히 남쪽으로 움직였다.

그리고 한참이나 남쪽으로 내려와서야 새로운 기준 지역을 접할 수 있었다.

케이닌은 확장된 마법 결계에 크고 작은 문제가 생겼을 것이라고 확신했다.

하지만 놀랍게도 마법진에는 아무런 이상이 없었다. 오히려 몇 번의 보수를 통해 틀어진 파장 문제마저 완벽하게 고쳐져 있었다.

"이게…… 어떻게 된 일이지?"

케이닌은 경악을 감추지 못했다.

확장된 마법 결계가 아무 이상이 없다는 건 그만큼 뛰어난 실력의 마법사가 나섰다는 것을 의미했다.

다시 말해 빛의 마탑주에 버금가는 마법사가 아베론 영지에 있다는 뜻이었다.

"지부로 가자! 어서!"

케이닌은 발걸음을 재촉했다.

그리고 평소 친분이 두터웠던 장로 로바디스에게 이 같은 사실을 알렸다.

"그러니까 아베론 영지의 마법진이 제멋대로 변경되었다,

이 말인가?"

"그렇습니다. 아무래도 아베론 영지에 대마법사가 나타난 것 같습니다."

"허, 대마법사라니. 대마법사가 뉘 집 개 이름이던가?"

"그렇지 않고서야 탑주님이나 가능한 마법진을 어찌 변경시킬 수 있었겠습니까?"

케이닌의 호들갑에 로바디스는 이맛살을 찌푸렸다.

물론 케이닌의 주장이 아예 틀린 말은 아니었다.

하지만 아무리 그래도 그렇지 대마법사를 쉽게 운운하다니. 케이닌이 너무 앞서 간 것이라 여겼다.

"어쨌든 내 눈으로 직접 확인해 봐야겠네. 마법진의 새로운 기준 지역이 어디인가?"

"제 말을 못 믿으시나본데 제가 앞장서지요."

케이닌은 자청해서 로바디스를 기준 지역으로 안내했다.

처음에는 시큰둥한 반응이었던 로바디스도 완벽에 가까운 마법 결계를 보고는 당혹스런 표정을 지었다.

"어떻습니까? 제 말이 맞지요?"

케이닌이 그것 보라며 눈을 부릅떴다.

반면 로바디스는 할 말이 없었다.

확실히 확장된 마법 결계의 상태로 보아선 상당한 실력의 마법사가 개입된 게 틀림없어 보였다.

"그래서, 나더러 뭘 어쩌란 말인가?"

"어쩌긴요. 당연히 마탑에도 알리시고 대장로님과도 회의를 하셔야 하지 않겠습니까?"

"회의라니?"

"아베론 영지에서 한마디 상의도 없이 대마법사를 끌어들였습니다. 그게 무엇을 의미하겠습니까?"

케이닌이 다시 열을 냈다.

필시 아베론 영지에서 다른 꿍꿍이를 가지고 있을 것이라며 흥분을 감추지 못했다.

로바디스도 점점 마음이 흔들렸다.

확실히 다 망해 가는 영지에서 실력 있는 마법사를 구했다는 것 자체부터 심상치가 않았다.

지금까지 아베론 영지의 마법적인 지원은 빛의 마탑 북부 지부에서 전담하고 있었다.

워낙 영세한 영지다 보니 굳이 마법사까지 파견하지는 않았지만 아베론 영지에서 원하는 일이라면 언제든지 도움을 주려 노력했다.

햇수로만 따지면 아베론 영지와 빛의 마탑 북부 지부가 함께한 지도 벌써 100년이 다 되어 갔다.

그런데 이제 와서 외지의 마법사라니.

그건 앞으로 빛의 마탑을 멀리하겠다는 뜻이나 마찬가지

였다.

“일단 대장로님과 이야기해 보겠네.”

로바디스는 지부로 돌아가 장로 회의를 소집했다.

그리고 빛의 마탑 북부 지부를 책임지고 있는 샤이어드에게 마법진에 대한 사실을 고했다.

“아베론 영지에 마법사가 머무는 것 같다니요! 대체 그게 무슨 소리입니까?”

보고를 받은 샤이어드는 크게 당황했다.

다른 곳도 아니고 아베론 영지에서 마법사를 끌어들였다니. 꿈에라도 생각지 못했다는 반응이었다.

형식적이나마 아베론 영지를 담당하는 장로 데미우스의 표정도 심상치가 않았다.

그는 마치 들키지 말아야 할 무언가를 들키기라도 한 것처럼 어쩔 줄을 몰라 했다.

그러나 모든 장로가 상황을 심각하게 여기는 건 아니었다.

로바디스를 비롯해 다수의 장로는 이 문제를 대단하게 여기지 않았다.

“아베론 영지에서 마법진의 변경을 요청한 게 벌써 여덟 번째입니다. 그럼에도 계속 안 된다는 답변만 줬으니 영주가 속이 탔나 봅니다.”

장로 델피로가 충분히 이해할 수 있다는 듯 고개를 끄덕였다.

그러자 오른편에 앉아 있던 장로 코사코가 공감한다는 듯 고개를 끄덕였다.

아베론 영지의 마법진 변경 요청은 빛의 마탑 북부 지부의 단골 회의 거리 중 하나였다.

결과적으로 늘 능력 부족을 이유로 거절하긴 했지만 회의에 참석한 장로들 대부분이 미안한 마음을 가지고 있었다.

그러나 그렇다고 해서 아베론 영지에서 마법사를 고용한 일까지 웃어넘길 수는 없는 노릇이었다.

"아무리 그래도 그렇지 마법사라니요. 이건 우리 빛의 마탑을 우습게 아는 처사가 아니겠습니까?"

스스로가 빛의 마탑의 장로라는 사실에 자부심을 가지고 살던 장로 조르드가 이맛살을 찌푸렸다.

크로노스 왕국의 붕괴 이후 빛의 마탑은 대륙의 마탑들 중 가장 빠른 성장세를 보여 왔다.

그런 빛의 마탑에서 마법진을 변경하기 어렵다는 결론을 내렸다면 수긍하고 받아들일 줄 알아야 했다.

그런데 그 점에 불만을 품고 마법사를 끌어들이다니. 빛의 마탑의 장로로서 자존심이 상할 노릇이었다.

"조르드 장로의 말이 옳습니다. 마법사를 끌어들인 목적이 뭐겠습니까? 결국 어떻게든 마법진을 변경하겠다는 속셈이 아니겠습니까?"

조르드만큼이나 강경하기로 유명한 장로 마리오가 언성을 높였다.

아베론 영지에 펼쳐진 마법진은 빛의 마탑의 상징이나 마찬가지였다.

여러 마탑의 마법사들의 도움을 받긴 했지만 마법진을 설계하고 그 중심을 잡은 건 다름 아닌 전대 빛의 마탑주였다.

"그렇다고 아베론 영지만을 탓할 수는 없지 않겠습니까. 지금껏 영지의 사정을 여러 차례 알려 왔는데 어쩔 수 없다며 외면했던 것은 우리들이니까요."

장로 세르만이 아베론 영지를 두둔했다.

아베론 영지가 처음부터 외부 마법사를 고용했다면 또 모르겠지만 분명 먼저 빛의 마탑 북부 지부에 도움을 요청해 왔다.

그 요청에 응답하지 못한 건 바로 자신들이었다.

"외면이라니요! 우리가 할 수 있는 일을 못하겠다고 했습니까? 하기 어려운 일이니까 그랬던 거 아닙니까!"

마리오가 다시금 언성을 높였다.

아베론 영지의 마법진을 변경하기 위해서는 제국에 있는 마탑주가 북부까지 올라와야 하는 상황이었다.

아베론 영지의 사정이 딱하다곤 하지만 빛의 마탑의 영향력을 확장하느라 바쁜 마탑주를 무작정 북부로 불러올릴 수는 없는 노릇이었다.

"그런데 말입니다. 아베론 영지에서 마법사를 불러들였다 한들 달라질 게 있겠습니까? 대마법사의 경지에 이르러야만 수정이 가능한 마법진입니다. 어중이떠중이로는 감히 접근조차 하지 못할 게 아닙니까?"

잠자코 듣고 있던 장로 루시엘이 한마디 거들었다.

그러자 흥분했던 장로들이 하나같이 코웃음을 쳤다.

아베론 영지에서 어떤 마법사를 초빙했는지는 모르겠지만 대마법사가 아니고서야 마법진을 수정하는 건 불가능한 일이나 마찬가지였다.

그러자 다소 심각한 얼굴로 분위기를 살피던 로바디스가 조심스럽게 입을 열었다.

"그게…… 말입니다. 그 마법사가 마법진을 변경한 것 같습니다만……."

로바디스의 말이 떨어지기가 무섭게 웅성거리던 회의장이 찬물을 끼얹은 것처럼 조용해졌다.

장로들은 하나같이 경악 어린 눈으로 로바디스를 바라봤다. 샤이어드와 데미우스는 너무 놀란 나머지 딸꾹질까지 해댔다.

"그게 무슨 말씀이십니까? 설마 아베론 영지에 있다는 마법사가…… 대마법사라도 된다는 말입니까?"

루시엘이 떨리는 목소리로 되물었다.

그러자 잠시 망설이던 로바디스가 천천히 고개를 주억거렸다.

"아직 확실히 단정 지을 수는 없습니다만 개인적으로는 그럴 가능성이 상당히 높다고 생각합니다. 마법진이 변경되면서 마법 결계의 기준 지역이 제2마나 관측소 부근까지 내려왔습니다. 게다가 마법 결계의 상태도 지나칠 만큼 양호했습니다."

로바디스가 자신이 직접 보고 겪은 바를 일러주었다. 자연스럽게 회의장은 무거운 침묵에 휩싸였다.

본래 아베론 성에서 퍼져 나온 마법 결계는 제1마나 관측소 부근을 지나게 되어 있었다.

아베론 영지의 마법진의 상태를 관리하기 위해 일부러 부근에 마나 관측소를 세웠으니 당연한 노릇이었다.

그러던 게 마법 결계가 순식간에 제2마나 관측소까지 내려왔다.

제2마나 관측소는 아베론 성에서 제1마나 관측소까지의 거리만큼 떨어진 곳에 설치되어 있었다.

다시 말해 제2마나 관측소 부근에서 마법 결계가 발견되었다는 건 마법진의 보호 영역이 4배로 확장됐다는 소리나 마찬가지였다.

아베론 영지의 보호 마법진은 상당히 유기적인 구성을 갖추고 있었다.

그렇다 보니 설사 빛의 마탑주가 오더라도 단번에 보호 영역을 4배로 넓히지는 못했다.

그것을 누군지도 모르는 마법사가 해냈으니 장로들이 충격에 빠진 것도 무리는 아니었다.

"대체…… 아베론 영지에서 어떤 마법사를 초빙한 겁니까?"

세르만이 떨리는 목소리로 말했다.

그러자 옆에 있던 델피로가 멍한 얼굴로 중얼거렸다.

"아마도 우리가 알고 있는 대마법사는 아닐 겁니다. 그랬다면 진즉에 이곳으로 연락이 왔겠지요."

평소 대륙의 마탑끼리는 긴밀한 공조가 이루어졌다.

특히나 대마법사의 이동 시에는 다른 마탑에 알려 만에 하나 있을지 모르는 불필요한 마찰을 줄이곤 했다.

만일 대륙의 마탑에 소속되어 있는 대마법사라면 필시 빛의 마탑에 양해를 구했을 것이다.

하지만 빛의 마탑에는 대마법사의 이동에 대한 소식이 들어온 게 없었다.

그렇다는 건 마탑에 소속되어 있지 않은 자유 마법사라는 의미였다.

"자유 마법사 중에 대마법사라면 셋뿐이지 않습니까?"

코사코가 말했다.

대륙에는 수많은 자유 마법사가 존재하지만 그들 중 대마법사라 인정받고 있는 건 단 세 명뿐이었다.

"자유 마법사들 중 누구인지는 크게 중요하지 않습니다. 그보다는 그자가 겁도 없이 빛의 마탑의 명성에 도전했다는 게 중요합니다!"

조르드가 빠득 이를 갈았다.

고작 자유 마법사 주제에 빛의 마탑의 마법진을 건드리다니. 용납할 수 없다는 표정이었다.

"이대로 가만히 있을 수는 없습니다!"

마리오가 좌중을 바라보며 소리쳤다.

"제 생각도 같습니다. 어떻게든 대가를 치르도록 만들어야 합니다!"

조르드가 한 술 더 떠 강력한 대응을 주장했다.

정황상 아베론 영지는 외부에서 대마법사로 추정되는 자유 마법사를 영입했다.

그리고 그 자유 마법사는 빛의 마탑에 한마디 상의도 없이 마법진을 변경했다.

이 모든 과정에서 빛의 마탑은 철저하게 배제되어 있었다.

빛의 마탑이 대륙 북부에서 가장 큰 영향력을 떨치고 있다는 점을 감안했을 때 이대로는 넘길 수 없는 상황임에 틀림없었다.

하지만 그렇다고 해서 무작정 아베론 영지를 압박하기란 쉽지 않은 노릇이었다.

“대가라니요? 아베론 영지의 영주가 누구인지 벌써 잊으셨단 말입니까?”

세르만이 우려 섞인 목소리로 말했다.

조르드와 마리오의 분노를 모르는 바는 아니지만 그렇다고 해서 아베론 영지를 쉽게 여겨서는 안 될 일이었다.

아베론 영지의 영주인 레이샤드는 레오니스 제국의 황족이다.

비록 황실에서 쫓겨나 아베론 영지에 머무르고 있지만 그의 몸속에는 제국 황실의 피가 흐르고 있었다.

“신중해야 할 문제입니다. 분명 아베론 영지는 우리에게 도움을 요청해 왔습니다. 그 요청을 들어줄 수 없다고 거절했으니 아베론 영지에서도 다른 마법사를 구한 게 아니겠습니까? 일의 선후 관계를 따진다면 우리 마탑에 유리할 게 하나도 없습니다.”

델피로도 논리적으로 입장을 밝혔다.

단순히 감정적으로만 따진다면 빛의 마탑 북부 지부를 놔

두고 외부 마법사와 손을 잡은 아베론 영지에 대한 서운함이 클 수 있다.

하지만 이성적으로 잘잘못을 따지자면 빛의 마탑 북부 지부는 아베론 영지에게 화를 낼 자격이 없었다.

"하긴. 마법진 문제로 레오니스 제국에게 책을 잡힐 필요는 없겠지요."

"어쩌면 이번 일의 배후에 제국이 개입되어 있을지도 모르는 일이 아니겠습니까?"

다른 장로들도 직접적인 대응은 위험하다는 반응을 보였다.

아베론 영지가 대륙 그 어떤 나라에도 속하지 않은 독립 영지이긴 하지만 그렇다고 레오니스 제국과의 관련성이 전혀 없다고 단정 지을 수는 없는 상황이었다.

장로들 중 누구도 아베론 영지를 두려워하지 않았다.

그저 아베론 영지에 문제가 생기면 나설 레오니스 제국이 두려운 것이었다.

게다가 변경된 마법진에는 아무런 문제가 없다고 했다.

마법진을 무리하게 변경하는 과정에서 마법 결계에 문제라도 생겼다면 또 모르겠지만 그런 일도 일어나지 않았다.

결국 감정적인 요인 이외에 빛의 마탑 북부 지부에서 걸고 넘어질 수 있는 건 아무것도 없는 셈이었다.

이미 회의장의 분위기는 어쩔 수 없다는 쪽으로 흐르고 있었다.

조르드와 마리오가 핏대를 세우며 항변을 하고는 있지만 그들의 주장이 크게 와 닿지는 않았다.

이런 상황이라면 샤이어드도 장로들의 의견을 존중하는 쪽으로 회의를 마무리 지어야 했다.

그것이 빛의 마탑 북부 지부의 장으로서 그에게 주어진 임무였다.

하지만 일반적인 예상을 깨고 샤이어드는 조르드와 마리오의 손을 들어주었다.

"여러 장로님의 뜻은 잘 알겠습니다. 하지만 이대로 아베론 영지의 문제를 넘어갈 수는 없다는 생각입니다."

샤이어드는 그 자리에서 조사단의 파견을 결정했다.

그리고 조사단의 대표로 아베론 영지를 담당하는 장로 데미우스를 임명했다.

"최선을 다해 조사에 임하겠습니다."

데미우스가 고개를 숙이며 말했다.

하지만 그의 표정은 조사에 대한 기대감보다는 왠지 모를 불안함으로 가득 차 있었다.

3

장로 회의는 장로 조르드와 마리오의 바람대로 조사단을 파견하는 것으로 마무리가 됐다.

적잖은 장로가 우려를 표했지만 무슨 생각에서인지 대장로 샤이어드는 조르드와 마리오의 손을 들어주었다.

“대장로께서 대체 무슨 생각이실까요?”

회의장을 나서며 장로 세르만이 불만스럽게 중얼거렸다.

상대는 평범한 영주가 아닌 레이샤드 제국의 황족이었다.

만에 하나 이 일이 제국에 알려지기라도 하는 날에는 대번에 빛의 마탑에 대한 압박이 시작될 수 있었다.

“글쎄요. 저도 무슨 의도로 조사단을 파견하겠다고 하셨는지 이해가 가지 않습니다.”

장로 루시엘이 고개를 흔들어댔다.

그를 포함해 대다수의 장로가 아베론 영지를 부담스러워하는 상황이었다.

그런데 샤이어드가 멋대로 조사단 파견을 결정했으니 납득이 가지 않는 게 당연한 일이었다.

“혹시 대장로께서 아베론 영지에 있는 마법사와 사이가 나쁜 건 아닐까요?”

장로 코사코가 슬쩍 끼어들었다.

어쩌면 샤이어드와 악연으로 엮인 자유 마법사가 아베론

영지를 돕고 있는지도 모를 일이었다.

마법사들은 대개 은원이 확실하기로 유명했다.

원한 관계에 있을 경우에는 수단과 방법을 가리지 않고 그 원한을 푸는 편이었다.

"그야 모르지요. 어쩌면 다른 꿍꿍이가 있는지도."

장로 델피로가 고개를 흔들었다.

지금으로서는 샤이어드가 자신들에게 뭔가를 숨기고 있다고 보는 편이 옳을 것 같았다.

"그 꿍꿍이라는 게 뭘까요?"

호기심 많은 코사코가 궁금하다는 얼굴로 말했다.

다른 이도 아닌 빛의 마탑 북부 지부를 책임지는 대장로 샤이어드의 속셈이다.

경우에 따라서는 자신들에게까지 그 여파가 미칠 수 있는 일이었다.

하지만 장로들 중 누구도 샤이어드의 속내를 단언하지 못했다.

그저 샤이어드의 신변잡기와 관련한 추측들만 무성할 뿐이었다.

그렇게 장로들이 삼삼오오 모여 일의 진상을 알아내려 애쓸 무렵.

샤이어드는 조사단의 책임자로 임명된 장로 데미우스와

함께 은밀한 대화를 나누고 있었다.

"로바디스 장로의 보고를 어디까지 진실로 받아들여야 하겠습니까?"

샤이어드가 불안한 얼굴로 데미우스를 바라봤다. 그러자 데미우스가 무겁게 한숨을 내쉬며 말했다.

"로바디스 장로는 신중한 성격입니다. 마법 결계를 살피는 마법사로부터 보고를 들었으면 필시 직접 가서 확인을 해봤을 겁니다."

"그렇다면 전부 사실로 봐야 한단 말입니까?"

"마법 결계가 확장된 것과 아무 이상이 없다는 것, 이 두 가지는 사실로 봐야 할 것 같습니다. 하지만 아베론 영지에 있다는 마법사에 대해서는 보다 확실한 조사가 필요할 것 같습니다."

"대마법사나 가능한 마법진을 변경했다면 대마법사로 봐야 하는 게 아니겠습니까?"

"물론 그렇긴 합니다만 어쩌면 다수의 고위 마법사가 힘을 보탰을 수도 있는 일입니다."

"다수의 고위 마법사라……."

"다수가 아니더라도 특별한 아티팩트를 사용해서 마법적인 경지를 높였을지 모릅니다."

"흠……."

샤이어드가 살짝 미간을 찌푸렸다.

데미우스의 말이 그럴듯하게 들리긴 했지만 그저 가능성에 대해 이야기할 뿐이었다.

현실적으로 봤을 때 마법진을 완벽하게 수정했다면 대마법사로 보는 편이 옳았다.

일반적으로 마법사의 경지는 다음과 같이 분류가 된다.

처음 마법사의 길에 들어서 1레벨의 마법을 익힐 때까지는 견습 마법사라 부른다.

그다음 2레벨과 3레벨의 마법을 익히는 시기에는 수련 마법사라 불린다.

4레벨과 5레벨의 마법을 익혀야만 비로소 다른 꼬리표를 떼고 마법사로 인정받을 수 있으며 마법 경지가 6레벨을 넘어가면서부터는 고위 마법사로 대우를 받게 된다.

대륙의 마탑들은 대개 고위 마법사에게 장로의 자리를 주었다. 그리고 고위 마법사들 중 7레벨에 오른 이들은 보다 높은 장로직을 허락했다.

대장로인 샤이어드는 7레벨의 마법사였다.

아직 7레벨 마법을 완성시키지는 못했지만 나이에 비한다면 성취가 빨라 차기 마탑주 후보에도 이름을 올리는 실력자였다.

장로 데미우스는 6레벨을 완성시킨 마법사였다.

아직까지 7레벨의 벽을 뛰어넘지 못했으나 실력만 놓고 보면 빛의 마탑 북부 지부에서 샤이어드 다음 가는 존재였다.

그러나 사야어드와 데미우스가 힘을 합친다고 해도 대마법사의 능력을 흉내 내기란 불가능에 가까운 일이었다.

대마법사는 인간에게 허락된 마지막 마법 경지인 8레벨에 들어선 존재들이다.

그들의 능력은 어지간한 고위 마법사 수십 명을 합한 것보다 위대했다.

지금이야 각 마탑마다 속성 성장법이 존재하기 때문에 대마법사의 반열에 오른 마법사들이 적지 않은 상황이었다.

하지만 그렇다고 해서 그들의 실력까지 우습게 볼 수는 없는 노릇이었다.

대마법사는 말 그대로 대마법사였다. 그들만이 할 수 있는 일이라면 고위 마법사 수십 명이 달려든들 해낼 가능성이 없었다.

물론 산술적으로만 놓고 본다면 7레벨을 완성시킨 마법사 8명과 8레벨의 반열에 들어선 마법사 한 명의 마나량이 비등하다고 계산할 수 있었다.

하지만 마법이란 단순히 마나량만으로 평가하는 게 아니다.

마법의 숙련도와 활용도, 마법 수식의 개인적인 해석과 이

해도, 경험 등이 전부 포함되어야 했다.

그런 점에서 고위 마법사들이 아베론 성의 마법진을 수정했다는 것은 일개 가설에 지나지 않았다.

아베론 성의 마법진이 단순한 마법진이었다면 또 모르겠지만 여러 대마법사가 달려들어 만든 것인만큼 고위 마법사가 수정하겠다고 달려드는 건 어림도 없는 일이었다.

당연히 아티팩트를 활용했을 것이라는 가설도 말이 되지 않았다.

아티팩트로 마나량을 일시에 증폭시킬 수는 있겠지만 그 외의 다른 능력적인 차이까지 좁힐 수는 없기 때문이다.

결국 대마법사라는 이야기다.

그 사실을 알면서도 데미우스가 말을 돌리는 건 인정하고 싶지 않아서였다.

만에 하나 대마법사가 아베론 영지의 마법진에 들어섰다면?

그래서 아베론 영지의 마법진에 숨겨져 있는 또 다른 마법진을 발견해 냈다면?

그리고 그 마법진의 정체가 대륙에 폭로되기라도 한다면?

지금까지 빛의 마탑이 누렸던 모든 영광이 단숨에 무너지게 될 수도 있는 일이었다.

"어쨌든 내일 아침에 믿을 만한 마법사들과 함께 아베론 영지로 가십시오. 가서 대체 누가 마법진을 건드렸는지, 그 안에서 무엇을 했는지 소상하게 알아보십시오."

샤이어드가 낮은 목소리로 밀명을 내렸다.

"알겠습니다, 대장로님."

데미우스가 굳은 얼굴로 자리에서 일어났다.

제14장

빛의 마탑 북부 지부 Part 2

1

비밀 회의장을 나선 데미우스는 곧장 조사단 구성에 착수했다.

"나도 따라가겠습니다."

"날 포함시켜 주십시오."

장로 회의 내내 강경한 발언을 서슴지 않았던 장로 조르드와 마리오가 조사단의 합류를 자청했다.

결과적으로 보자면 자신들의 주장이 관철된 것이니 당연히 조사단과 함께해야 한다고 목에 힘을 주었다.

하지만 데미우스는 조르드와 마리오의 요청을 단호하게

거절했다.

대신 자신에게 충성을 다하는 마법사 셋을 조사단에 포함시켰다.

데미우스가 이끄는 조사단은 샤이어드의 지시대로 다음 날 일찍 아베론 영지로 향했다. 그리고 그 사실이 상단을 통해 아베론 영지에 전해졌다.

"영주님, 빛의 마탑 북부 지부에서 조사단을 파견했다고 합니다."

소식을 전해들은 아돌프가 즉시 레이샤드에게 알렸다.

"조사단이요? 설마 마법진…… 때문인가요?"

레이샤드의 표정이 살짝 굳어졌다.

"아무래도 그런 것 같습니다."

아돌프의 목소리도 덩달아 심각해졌다.

조사단이란 말 그대로 무언가를 조사하기 위해 파견된 조직을 의미했다.

그리고 무언가를 조사한다는 건 아베론 영지에 빛의 마탑의 원리 원칙에 위배되는 조사거리가 있다는 뜻이었다.

게다가 조사단이란 상위의 기관이 하위의 기관에게 보내는 게 일반적이었다.

그렇다는 건 빛의 마탑이 아베론 영지보다 우위에 있음을 스스로 자인하고 있는 것이나 마찬가지였다.

"이럴 땐 어떻게 해야 하나요?"

레이샤드가 불편한 심정을 드러냈다.

그동안 빛의 마탑에 적잖은 도움을 받긴 했지만 조사단이라니.

이 상황을 어찌 받아들여야 할지 당혹스럽기만 했다.

만일 예전 같았다면 아돌프도 레이샤드 못지않게 불쾌해 했을 것이다.

빛의 마탑의 위세가 다른 마탑들을 앞서고 있다곤 하지만 제국의 황족이 다스리는 아베론 영지를 우습게 여길 수는 없는 노릇이었다.

하지만 브론즈 남작가에 대한 계속되는 의구심 때문일까.

아돌프는 빛의 마탑 북부 지부의 조사단을 이용하면 브론즈 남작가의 진정한 의도를 밝혀낼 수 있을지도 모른다는 생각을 품었다.

"일단은 조사단의 조사를 받아들이시는 게 좋을 것 같습니다."

아돌프가 나직이 고했다.

그러자 레이샤드가 진심이냐는 듯 아돌프를 바라봤다.

"영주님께서도 아시다시피 아베론 성의 마법진은 빛의 마탑에서 관리를 하고 있습니다. 빛의 마탑의 상의도 없이 일방적으로 마법진을 변경한 만큼 영지에서도 조사단의 조사를 허락할 의무와 책임이 있습니다."

아돌프가 미리 준비해 두었던 이유를 늘어놓으며 레이샤드를 설득했다.

하지만 레이샤드는 좀처럼 이해할 수 없다는 표정이었다.

"하지만 마법진은 아베론 성의 소유물이잖아요."

"물론 그렇습니다만 빛의 마탑이 지난 100년간 관리를 해왔다는 점을 무시할 수는 없습니다."

"그렇다 하더라도 마법진의 변경을 부탁할 때는 계속 반대만 해오다가 이제 와서 조사단을 보낸다는 게 마음에 들지 않아요."

마법진 문제로 빛의 마탑 북부 지부와 오랫동안 실랑이를 벌였기 때문일까.

빛의 마탑 북부 지부에 대한 레이샤드의 감정은 아돌프가 예상한 것 이상으로 좋지 않은 상태였다.

하지만 아돌프는 작은 일에 연연하지 말고 영주로서 관대함을 베풀어야 한다며 레이샤드를 설득했다.

"일단 아돌프 경의 말은 잘 알겠어요. 빛의 마탑에서도 마법진을 확인하고 싶어서 조사단을 파견한 것 같으니 조사를 허락하죠. 단 마법진뿐이에요. 그 외에 그 어떤 조사도 용납하지 않겠어요."

레이샤드가 단호한 목소리로 말했다.

순간 아돌프의 표정이 살짝 일그러졌지만 그렇다고 레이샤드의 결정을 되돌릴 수는 없었다.

2

"후우……."

무겁게 한숨을 내쉬며 아돌프는 집무실을 나섰다.

그리고 잠시 뒤.

어둠 속에 몸을 숨기고 있던 엘리자베스가 조심스럽게 레이샤드의 집무실 안으로 들어갔다.

"빛의 마탑에서 조사단을 파견했다고 들었어요."

격앙된 레이샤드와는 달리 엘리자베스는 비교적 차분한 반응이었다.

라인하르트가 마법진을 손을 볼 때부터 이런 상황이 벌어질 것이라고 예상한 표정이었다.

"괘씸하긴 하지만 빛의 마탑의 조사를 받아들이기로 했어요.

레이샤드가 아직도 감정이 풀리지 않은 듯한 얼굴로 말했다.

그러자 엘리자베스가 웃으며 레이샤드의 손을 잡아주었다.

"레이, 나는 차라리 잘됐다고 생각해요. 어차피 빛의 마탑이 관리하던 마법진이었잖아요. 한 번쯤은 부딪쳐야 할 일이었어요."

마법진의 관리란 해당 마법진에 대한 우선권을 의미했다.

아베론 영지의 마법진은 대륙 대부분의 마탑의 참여하에 이루어진 것이었다.

그럼에도 빛의 마탑 북부 지부에서 마법진에 대한 관리를 해왔다는 것은 마법진의 생성 당시 빛의 마탑에서 가장 많은 물자와 인원을 조달했다는 뜻과 같았다.

당연히 빛의 마탑 북부 지부의 입장에서는 마법진에 대한 권리를 요구할 수 있는 문제였다.

그 점에 대해서 아베론 영지가 무조건 거부권을 행사할 수도 없는 상황이었다.

하지만 레이샤드는 자신이 어리고 아베론 영지가 힘이 없기 때문에 빛의 마탑 북부 지부에서 한마디 상의도 없이 조사단을 보낸 것이라고 여겼다.

"그래도 마법진 이외에는 그 무엇도 조사하지 않겠다는 조건을 달았어요. 만에 하나 빛의 마탑에서 라인하르트를 조사하려 한다면 가만있지 않을 생각이에요."

레이샤드가 주먹을 움켜쥐며 말했다.

비록 대단한 능력이나 권력을 갖춘 건 아니지만 아베론 영지의 영주로서 영지에 머무는 브론즈 남작가에는 아무런 피해가 가지 않도록 철저히 보호할 작정이었다.

그런 레이샤드의 진심이 엘리자베스의 마음을 적셨다.

"고마워요, 레이."

엘리자베스가 흐뭇한 얼굴로 말했다.

하지만 그렇다고 해서 레이샤드의 등 뒤에 숨어 있을 생각은 없었다.

빛의 마탑 북부 지부에서 조사단을 파견한 목적은 그저 변경된 마법진을 확인하기 위해서만은 아닐 것이다.

당연한 말이겠지만 마법진에 손을 댄 라인하르트에 대한 조사도 포함되어 있을 터였다.

설사 레이샤드가 제지한다 하더라도 빛의 마탑 북부 지부의 조사단은 수단과 방법을 가리지 않고 라인하르트와 접촉하려 할 것이다.

그때 감정적으로 대응했다간 빛의 마탑 북부 지부와 갈등의 골이 깊어질 수 있었다.

물론 엘리자베스는 빛의 마탑 북부 지부 따위는 조금도 신경 쓰지 않았다.

그녀에게는 일개 지부 따위는 언제든 마음만 먹으면 대륙에서 사라지게 만들 수 있는 힘이 있었다.

하지만 아베론 영지의 입장에서 봤을 때 빛의 마탑 북부 지부는 척을 져서 좋을 게 없는 상대였다.

이번 마법진의 문제로 인해 예전처럼 우호적인 관계를 유지하기란 어려워졌지만 그렇다고 해서 괜히 악연을 쌓을 필요는 결코 없었다.

"그 점에 대해서는 너무 걱정하지 말아요, 레이. 라인하르트가 알아서 잘 처신할 거예요."

엘리자베스가 레이샤드를 달래듯 말했다. 그러자 레이샤드의 표정이 대번에 일그러졌다.

"그럴 필요 없어요. 라인하르트는 우리 영지의 은인이나 마찬가지잖아요? 빛의 마탑의 조사를 받게 만들고 싶지 않아요."

레이샤드는 라인하르트를 지키는 게 영주로서의 자존심을 지키는 길이라고 생각했다.

이대로 라인하르트에 대한 조사를 묵인한다면 빛의 마탑이 앞으로도 자신을 우습게 여길 것이라고 여겼다.

하지만 엘리자베스는 그런 일은 결코 없을 것이라며 고개를 흔들었다.

"라인하르트는 당분간 영지의 마법사로 활동해야 해요. 그러기 위해서는 빛의 마탑의 조사를 받는 편이 나아요."

엘리자베스가 나직한 목소리로 레이샤드를 설득했다.

정황상 빛의 마탑 북부 지부 조사단의 조사를 회피할 경우

불필요한 오해만 쌓일 가능성이 높았다.

그렇다고 해서 엘리자베스가 빛의 마탑 북부 지부의 강압적인 조사에 굴복한 것은 결코 아니었다.

그들의 오만함을 자충수(自充手)로 만들어버릴 좋은 방법이 따로 준비되어 있었다.

레이샤드에게 어렵게 동의를 받아낸 엘리자베스는 자신의 방으로 되돌아갔다.

그곳에는 미리 연락을 받은 라인하르트가 와서 기다리고 있었다.

"빛의 마탑에서 조사단을 보냈다는 이야기는 들어서 알고 있겠죠?"

엘리자베스가 라인하르트를 바라보며 말했다.

"물론입니다, 엘리자베스님. 그 일에 관해서라면 걱정하지 않으셔도 됩니다."

라인하르트가 씩 웃으며 말했다.

그러자 엘리자베스가 천천히 고개를 끄덕였다.

"라인하르트만 믿겠어요. 이번 기회에 빛의 마탑의 오만한 마법사들의 기세를 확실히 꺾어버려요."

앵두 같은 엘리자베스의 입에서 다소 거친 명령이 튀어나왔다.

그러나 라인하르트는 조금도 당황해하지 않았다.

그런 거침없는 언행이야말로 엘리자베스를 더욱 돋보이게 만드는 그녀만의 매력이었다.

"명심하겠습니다, 황녀님. 결코 실망시켜 드리지 않겠습니다."

라인하르트가 엘리자베스를 향해 깊숙이 고개를 숙였다. 그리고는 길게 입가를 찢었다.

그토록 기다리던 인간 마법사다.

그 실력이 어느 정도일지 벌써부터 심장이 간질거렸다.

3

다음 날.

새하얗게 치장을 한 사두마차 한 대가 남부 대로를 타고 아베론 성 안으로 들어왔다.

빛의 마탑 북부 지부의 조사단.

그들이 온 것이다.

"어서 오십시오. 그렇지 않아도 기다리고 있었습니다."

아돌프가 영지를 대표해 조사단을 맞았다.

레이샤드가 자신이 직접 나가겠다고 고집을 부렸지만 만에 하나 있을지 모를 충돌을 막기 위해 아돌프가 직접 나섰다.

"갑작스럽게 찾아뵙게 되어 송구합니다."

데미우스가 조사단을 대신해 양해를 구했다.

제아무리 빛의 마탑의 위세가 드높다곤 하지만 레오니스 제국에 비할 바는 못됐다.

그런 제국의 황족이 다스리는 영지에 무작정 들이닥친다는 것 자체가 빛의 마탑 북부 지부로서는 상당한 부담이 아닐 수 없었다.

데미우스는 빛의 마탑 장로들 중에서도 상당히 정치적인 성향을 가지고 있었다.

그래서 아베론 영지가 심리적인 우위에 서기 위해서라도 조사단을 냉랭하게 대할 것이라고 여겼다.

아베론 영지에 오는 동안 데미우스는 조사단으로 선별된 세 명의 마법사에게 신신당부를 했다.

설사 아베론 영지에서 감정적으로 나오더라도 결코 맞대응해서는 안 된다며 여러 차례 주지를 시켰다.

하지만 정작 아돌프의 반응은 예상과는 달랐다.

'따로 부탁할 일이라도 있는 모양이로군.'

데미우스는 어렵지 않게 아돌프의 속내를 알아챘다.

그리고 어쩌면 아돌프와 아베론 영지에 머물러 있다는 손님들의 관계가 편치 않을지 모른다는 생각이 들었다.

'브론즈 남작가라 했던가?

브론즈 남작가에 대해서는 데미우스도 들어본 적이 없었다.

대륙에 워낙 많은 가문이 존재하다 보니 영지가 없는 이름뿐인 가문들 중 하나일 것이라 지레짐작할 뿐이었다.

그렇다고 해서 브론즈 남작가에 대한 호기심이 사라진 것은 아니었다.

소문에 따르면 마법진을 변경한 마법사는 브론즈 남작가의 일행이라고 했다.

물론 현실적으로 봤을 때 대마법사는 말 그대로 브론즈 남작가의 일행일 가능성이 높아 보였다.

하지만 만에 하나 대마법사가 브론즈 남작가에 속해 있다면?

브론즈 남작가는 더 이상 흔해빠진 가문이 아니게 되는 것이다.

데미우스는 아돌프의 고민도 크게 다르지 않을 것이라고 여겼다.

아베론 영지의 영주가 레오니스 제국의 황족이라 하지만 영지 자체로는 별 볼 일이 없었다.

당연히 대마법사와 함께하는 브론즈 가문이 신경 쓰이고 의심이 갈 만했다.

'그렇지 않아도 궁금했었는데 이번 기회에 브론즈 가문에

대해서도 조사를 해봐야겠군.'

데미우스가 슬쩍 눈을 빛냈다.

총관인 아돌프의 동의만 있다면 문제없다는 반응이었다.

하지만 아돌프는 그것을 다른 의미로 받아들였다.

자신이 보낸 서신이 빛의 마탑 북부 지부의 마법사에게 전달되었을 테니 그를 통해 이야기가 흘러들어간 것이라고 여겼다.

"자, 이쪽으로 오십시오."

아돌프가 웃으며 조사단을 안내했다.

데미우스와 마법사들은 지체하지 않고 아돌프를 따라 나섰다.

"그런데 영주님은 언제쯤 뵐 수 있겠습니까?"

데미우스가 조심스럽게 물었다.

마음 같아서는 당장에라도 조사를 시작하고 싶은 심정이었다.

하지만 그전에 아베론 영지의 주인인 레이샤드의 허락을 받는 게 순서였다.

더욱이 빛의 마탑 북부 지부의 조사단은 아베론 영지에서 요청한 손님이 아니었다.

빛의 마탑 북부 지부에서 멋대로 보낸 불청객이나 마찬가지였다.

따라서 레이샤드가 만남 자체를 거절해도 할 말이 없는 상황이었다.

하지만 아돌프는 빛의 마탑 북부 지부와의 관계를 악화시킬 생각이 추호도 없었다.

만에 하나 이번 조사로 인해 브론즈 남작가의 실체와 의도가 밝혀졌을 때 믿고 의지할 수 있는 건 빛의 마탑 북부 지부뿐이었다.

"오후쯤에 영주님과 만나실 수 있도록 자리를 마련하겠습니다."

아돌프가 선뜻 조사단의 편의를 봐 주었다.

아베론 영지를 위해서라도 빛의 마탑 북부 지부의 조사에 적극적으로 협조할 필요가 있다고 여겼다.

그런 아돌프의 속마음이 전해진 것일까.

"그럼 아돌프님만 믿겠습니다."

데미우스가 씩 웃으며 살짝 고개를 숙였다.

4

늦은 오후.

아돌프는 약속대로 조사단과 레이샤드의 만남의 자리를 마련했다.

"오랜만에 뵙습니다, 영주님."

레이샤드에게 고개를 숙이는 데미우스의 얼굴에는 놀람이 가득했다.

3년 만에 본 레이샤드의 성장은 실로 경이적이었다.

적지 않은 시간이 흘렀다곤 하지만 3년 전 레이샤드는 유약하다는 느낌이 강했다.

하르베스 폐황자가 죽고 영주의 임무를 맡은 지 얼마 되지 않았던 때라 모든 것을 아돌프에게 의지하곤 했다.

하지만 지금은 달랐다.

레오니스 황실의 피를 이어받았기 때문일까.

당당하게 영주의 자리에 앉아 있는 모습이 다른 영주들과 비교해도 손색이 없을 만큼 강인한 인상을 심어주었다.

만일 좋은 일로 아베론 영지를 찾은 것이라면 오랜만의 재회는 더욱 깊은 인상을 남겨주었을 것이다.

하지만 허락도 없이 방문했기 때문일까.

레이샤드의 표정은 썩 편해 보이지 않았다.

"3년 만인가요?"

레이샤드가 퉁명스럽게 말을 받았다.

"그렇습니다, 영주님. 하르베스님께서 돌아가시고 나서 빛의 마탑의 대표로 제가 방문을 드렸었지요."

데미우스가 레이샤드로부터 호감을 끌어내려는 듯 당시의

상황을 상기시켰다.

레이샤드는 살짝 이맛살을 찌푸렸다.

비록 갑작스럽게 들이닥친 조사단은 마음에 들지 않았지만 그렇다고 해서 3년 전에 보여주었던 빛의 마탑의 호의까지 모른 척할 수는 없는 노릇이었다.

"그때 일은 정말 고마웠어요."

레이샤드가 마지못해 감사의 뜻을 보였다.

"별말씀을 다하십니다."

초반의 심리전에서 승리했다고 여긴 것일까. 데미우스가 가볍게 미소를 보였다.

만일 예전의 레이샤드였다면 아돌프를 바라보며 도움을 요청했을 것이다.

6레벨의 마법사이자 빛의 마탑의 장로인 데미우스는 레이샤드가 홀로 감당할 만큼 만만한 상대가 아니었다.

하지만 열다섯 살이 지나서일까.

아니면 엘리자베스라는 든든한 조력자를 만났기 때문일까.

레이샤드는 더 이상 데미우스에게 주눅 들지 않았다.

"변경된 마법진을 조사하러 왔다고 들었어요."

레이샤드가 먼저 본론을 꺼냈다.

"그렇습니다, 영주님. 아베론 성에 설치되어 있는 마법진이 워낙 복잡하기 때문에 혹시라도 다른 문제가 생기지 않도록 확인할 필요가 있습니다."

데미우스가 살짝 고개를 숙였다.

여기까지가 빛의 마탑 북부 지부의 공식적인 입장이었다.

레이샤드는 크게 숨을 들이켰다.

마음 같아서는 마법진에 대한 조사 이외에 그 어떤 조사도 허용하지 않겠다며 강경하게 나가고 싶었다.

하지만 엘리자베스는 라인하르트가 알아서 잘 처신할 것이라고 말했다.

그 말은 이번 일에 대비해 따로 준비한 게 있다는 뜻이었다.

만일 엘리자베스가 평범한 인간이었다면 레이샤드의 고민도 길어졌을 것이다.

하지만 그녀는 시험의 궁에서 자신을 돕기 위해 나타난 존재였다.

시험의 궁처럼 자신을 위해서라면 무엇이든 다해줄 절대적인 조력자였다.

"조사가 필요한 게 마법진뿐인가요?"

레이샤드가 단도직입적으로 물었다.

그러자 잠시 망설이던 데미우스가 진지한 얼굴로 대답했다.

"가능하다면 마법진을 변경한 마법사도 만나보고 싶습니다. 그가 어떤 방식으로 마법진을 변경했는지 설명을 들었으면 합니다."

"그럼 마법사를 만나보는 것까지는 허락하지요. 대신 그 외의 실례되는 일들은 삼가주길 바랍니다."

레이샤드가 단호한 목소리로 말했다.

라인하르트에 대한 조사는 승인하겠지만 그 이상 아베론 영지의 문제에 파고드는 건 용납하지 않겠다는 표정이었다.

"알겠습니다, 영주님. 그렇게 하겠습니다."

데미우스가 흔쾌히 고개를 끄덕였다.

빛의 마탑 북부 지부의 입장에서는 마법사를 조사하는 게 무엇보다 중요한 일이었다.

브론즈 남작가에 대한 호기심이 없지는 않았지만 무리해서 알아보려 했다가 아베론 영지와 감정이 상할 필요는 없었다.

게다가 마법사를 조사하다 보면 브론즈 남작가에 대한 정보도 어느 정도는 드러날 것이라고 여겼다.

기본적인 합의를 마친 뒤 데미우스 일행이 응접실을 나섰다. 그들을 총관인 아돌프가 앞장서서 이끌었다.

"저녁 시간이 다 되어 가는데 어찌하시겠습니까?"

아돌프가 데미우스를 바라보며 물었다.

아직 날이 어두워지진 않았지만 마법진을 살피기에는 상당한 시간이 소요될 것이다.

그렇다면 오늘은 쉬고 내일 아침 일찍 조사하는 게 나을 것 같다고 판단했다.

하지만 데미우스는 마음이 급했다.

마법진이 정상적으로 작동하고 있다는 사실은 충분히 인지하고 있었다.

그보다는 마법진 안에 숨겨져 있는 다른 마법진을 확인하는 게 먼저였다.

"괜찮다면 바로 마법진부터 살폈으면 좋겠습니다."

"먼 길을 오셨는데 피곤하지 않으십니까?"

"제가 해야 할 일을 놔두고 어찌 편히 쉴 수가 있겠습니까?"

"그러시다면 알겠습니다. 저를 따라 오십시오."

아돌프는 데미우스 일행을 지하로 안내했다.

지하 계단을 따라 한참을 내려가자 큼지막한 문이 그들을 가로막았다.

그리고 그 문 너머에 아베론 성의 마법진이 펼쳐져 있었다.

마법진을 보호하고 있는 문이라서인지 일반적인 문과는 달랐다.

기본적인 형태는 비슷했지만 실제로는 마법진 내부의 마

나가 함부로 새어 나오지 않도록 만들어진 마나방벽이나 마찬가지였다.

그래서 문을 여는 것도 열쇠가 아닌 마나로 대신했다.

"여기서부터는 저희가 알아서 하겠습니다."

데미우스가 아돌프에게 양해를 구했다.

그러자 아돌프가 가볍게 고개를 끄덕이고는 계단을 타고 위로 향했다.

아돌프의 발소리가 사라질 때까지 기다린 뒤 데미우스가 한쪽 벽에 박혀 있는 수정구 위에 손을 얹었다. 그리고 마나를 끌어 올렸다.

그 순간,

철커덩.

묵직한 쇳소리가 나더니 커다란 문이 좌우로 열렸다.

"가자."

데미우스는 앞장서서 마법사들을 이끌었다.

마법사들은 하나같이 상기된 얼굴로 데미우스의 뒤를 쫓았다.

후아아앗!

불청객을 발견한 보호 마법진이 마나를 일으켰다.

하지만 그것도 잠시.

데미우스와 마법사들이 목에 차고 있는 팬던트를 확인하

자 언제 그랬냐는 듯 잠잠해졌다.

"너희는 이곳에서 마법진에 이상이 없는지 확인해 봐라."

데미우스가 마법사들을 돌아보며 말했다.

그러자 마법사들이 동시에 허리를 굽혔다. 그리고는 마법진을 하나하나 살피기 시작했다.

그러는 사이 데미우스는 은밀히 마법진 안쪽으로 들어갔다. 그리고 중앙 마법진과 자폭 마법진을 지나 마기 흡수 마법진 쪽으로 접근했다.

"후우……."

빠르게 마기 흡수 마법진을 살핀 데미우스의 입에서 안도의 한숨이 흘러나왔다.

다행히도 마기 흡수 마법진에는 별다른 이상이 없어 보였다.

마법진 주변에 설치해 놓았던 팔뚝만 한 최상급 마정석들도 제자리에 박혀 있었다.

"여기까진 들어오지 못했나?"

데미우스가 슬쩍 입가를 비틀었다. 만일 그런 것이라면 더는 걱정할 게 없을 것 같았다.

하지만 그것도 잠시.

확연히 달라진 중앙 마법진의 모습에 입이 쩍 하고 벌어져 버렸다.

중앙 마법진은 아베론 영지를 보호하는 결계 마법과 마기를 외부로 발산하는 발산 마법으로 이루어져 있었다.

그리고 두 마법진은 하나의 마나력을 동력으로 사용하고 있었다.

그래서 두 마법진 중 어느 하나라도 잘못 건드린다면 마나 수식이 깨져서 마법진 자체가 망가질 수 있었다.

그래서 데미우스는 십중팔구 중앙 마법진 옆에 새로운 마법진을 그려 넣어 중앙 마법진의 효과를 변경했을 것이라 여겼다.

물론 쉽지 않은 일이겠지만 상대가 대마법사라면, 그리고 마법진에 정통해 있다면 충분히 가능한 일이라고 여겼다.

하지만 중앙 마법진 주변에는 그 어떤 마법진도 이어져 있지 않았다.

놀랍게도 아베론 성 지하에 펼쳐진 마법진은 본래의 틀 그대로 유지되어 있었다.

게다가 더욱 놀라운 건 달라진 중앙 마법진의 마법 수식이다.

마법진의 마법 수식을 고친다는 건 마법진에 새로운 마법진을 덧붙이는 것과는 차원이 다른 일이었다.

마법진의 수식이란 정교하게 짜인 톱니바퀴나 마찬가지였다.

어느 하나를 건드리는 순간 유기적으로 움직이던 마법진은 멈출 수밖에 없었다.

게다가 활성화된 마법진에 이상이 생기면 그 즉시 마나 폭발에 휩쓸릴 수 있었다.

이 같은 위험을 감수하면서까지 마법 수식이 손을 댔다는 건 아베론 성의 복잡한 마법 수식을 전부 꿰뚫어보고 있다는 의미였다.

다시 말해 그것은 여러 대마법사가 힘을 합쳐 만들어 낸 마법진을 아베론 영지의 마법사가 파헤쳤다는 뜻이었다.

놀람은 거기서 끝나지 않았다.

중앙 마법진의 마법 수식을 변경하면 필연적으로 마기 흡수 마법진에 영향을 끼칠 수밖에 없었다.

마기 흡수 마법진이 중앙 마법진으로부터 파생된 것이니 당연한 결과였다.

그럼에도 마기 흡수 마법진은 아무런 문제없이 정상 작동하고 있었다.

그렇다는 건 아베론 영지의 마법사가 마기 흡수 마법진을 알면서도 일부러 눈감아줬다는 소리나 마찬가지였다.

"허……!"

데미우스는 머리가 지끈거렸다.

대체 이 일을 어찌 처리해야 할지 판단이 서질 않았다.

아베론 영지의 마법사는 보통 마법사가 아니다. 마법진을 변경한 것으로 봐서는 대마법사가 확실했다.

그것도 보조 마법진을 그린 게 아니라 중앙 마법진의 마법 수식 자체를 변경했으니 다른 대마법사들을 뛰어넘는 방대한 지식을 갖춘 대마법사가 틀림없었다.

게다가 그는 아베론 성의 마법진에 감춰진 비밀까지 전부 알고 있었다.

그러면서도 일부러 그 사실을 숨기는 영악함도 갖추고 있었다.

마법사들 중에서 상대하기 까다로운 부류는 자신보다 실력이 뛰어난 마법사다.

그리고 그들만큼이나 상대하기 어려운 부류는 속내를 숨기는 마법사다.

공교롭게도 아베론 영지의 마법사는 둘 다였다.

마법 실력도 뛰어나지만 그만큼 심계(心計)가 깊은 마법사.

데미우스에게는 최악의 상대나 마찬가지였다.

"후우……."

데미우스의 입에서 절로 한숨이 흘러나왔다.

그렇다고 이제 와 아베론 영지의 마법사를 피할 수도 없다는 사실이 그를 더욱 답답하게 만들었다.

제15장

빛의 마탑 북부 지부 Part 3

1

마법진의 검증은 싱겁게 끝이 났다.

불행히도 빛의 마탑 북부 지부의 조사단이 꼬투리를 잡을 만한 건 아무것도 발견이 되지 않았다.

오히려 지금껏 빛의 마탑에서 은밀히 시행해 왔던 마기 추출이 외부로 공개될 위기에 처했다.

"하아……."

데미우스는 쉽게 잠을 이루지 못했다.

마지못해 먹은 저녁 식사가 부대낀 탓도 있었지만 날이 밝으면 만나게 될 아베론 영지의 마법사에 대한 걱정 때문에 맘 편히 침대에 누울 수가 없었다.

그렇게 데미우스는 뜬 눈으로 밤을 새웠다.

그리고 다음 날, 아침 식사가 끝나기가 무섭게 아돌프가 찾아왔다.

"라인하르트님께서 데미우스님을 만나 뵙길 원하십니다."

아돌프의 말에 데미우스의 표정이 굳어졌다.

자신들은 가만히 있는데 상대가 먼저 나서서 만남을 요청했다는 건 그만큼 자신이 있다는 의미였다.

'라인하르트, 라인하르트라…….'

마지못해 아돌프를 따라 나서면서도 데미우스의 머릿속은 아베론 영지의 마법사에 대한 생각으로 가득했다.

데미우스가 기억하기로 대륙에 존재하는 대마법사들 중 라인하르트라는 이름을 가진 자는 없었다.

물론 이름이 알려져 있지 않던 새로운 대마법사가 등장했을지도 모를 일이었다.

하지만 실제로 그럴 가능성은 그리 높지 않았다.

대마법사란 인간 마법사가 오를 수 있는 가장 높은 경지를 말한다. 그리고 대부분의 마법사는 대마법사가 되길 소원한다.

대마법사가 되면 부귀영화는 물론이고 적지 않은 특권을 누리게 된다.

그렇다 보니 자신이 대마법사가 된 걸 숨기는 대마법사는 없다시피 했다.

'필시 가명을 사용하고 있겠지.'

데미우스는 라인하르트가 대륙에 존재하는 대마법사일 것이라 확신했다. 그리고 익숙하지 않은 이름은 가명일 것이라고 짐작했다.

마법사들 중에서는 경우에 따라 가명을 사용하는 이들도 적잖았다.

특히나 자유 마법사들의 경우 한 영지에 귀속되는 걸 꺼려하기 때문에 일부러 여러 개의 가명을 만드는 경우가 많았다.

"이쪽입니다."

아돌프가 고풍스런 방문 앞에 멈춰 섰다.

레이샤드의 지시대로 브론즈 남작가 일행은 아베론 성의 최고급 객실에 머무르고 있었다.

"잠시만! 잠시만 기다려 주시겠습니까."

데미우스는 방문을 두드리려던 아돌프를 다급히 제지했다. 그리고 크게 숨을 들이켜며 생각을 정리했다.

현재 아베론 영지의 마법사로 의심되는 대마법사는 크게 세 명이다.

빛의 계승자라 불리는 라흐메스.

불의 심판자라 불리는 바이스.

혼돈의 지팡이라 불리는 시리우스.

하나같이 자유 마법사로 여러 마탑의 구애를 뿌리치고 대륙을 유랑하는 이들이었다.

그들 중 라흐메스는 빛의 마탑 출신의 마법사였다.

빛의 마탑주와 마탑주 자리를 놓고 다투다 밀려난 이후로 마탑을 떠나긴 했지만 빛의 마탑에 대해서는 어느 정도 우호적인 감정을 가지고 있는 것으로 알려져 있었다.

만일 문 건너편의 상대가 라흐메스라면 데미우스도 상대하기가 한결 편해질 수 있었다.

마탑주를 대하듯 깍듯이 대한다면 원하는 바를 충분히 이룰 수 있을 터였다.

하지만 상대가 라흐메스가 아니라 다른 마법사라면 이야기가 달라진다.

바이스는 불의 마탑 출신의 대마법사다. 그리고 빛의 마탑이 강성해지기 이전에는 불의 마탑이 마법계를 주도하고 있었다.

자유 마법사인 바이스가 빛의 마탑을 적대시할 이유는 없겠지만 그에게 무조건적인 도움을 구하기는 어려울 터였다.

오히려 빛의 마탑과 불의 마탑간의 경쟁 관계를 생각했을 때 데미우스가 더욱 조심해야 하는 상황이었다.

시리우스는 아에 출신조차 모호한 대마법사였다.

항간에 떠도는 소문에 의하면 지금은 사장되다시피 한 암흑 마법을 집대성했다고 알려졌지만 그의 실체를 정확하게 하는 이는 거의 없다시피 했다.

그저 20년 전 홀연히 나타나 레오니스 제국 황실 마탑으로부터 대마법사로 인증받은 게 전부였다.

세 마법사 모두 자유 마법사인 탓에 지금은 마탑이나 특정 세력에 얽매여 있지 않았다.

그렇다 보니 셋 중 누가 앉아 있다 하더라도 만만찮은 상대는 아니었다.

하지만 데미우스는 기왕이면 빛의 마탑 출신인 라흐메스이길 바랐다.

"후우……."

애써 숨을 고른 데미우스가 아돌프를 바라봤다. 그것을 신호라 여긴 아돌프가 가볍게 문을 두드렸다.

그때였다.

"들어오십시오."

마치 문 밖에 누가 있는 줄 안다는 듯 안쪽에서 허락의 목소리가 떨어졌다.

"어찌하시겠습니까?"

아돌프가 다시 데미우스를 돌아봤다.

상기된 데미우스의 표정으로 봐서는 조금 더 시간이 필요할 것 같았다.

그렇다면 자신이 함께 들어가 줄 생각이었다.

무슨 이유에서인지는 모르겠지만 이대로 데미우스를 혼자 들여보낸다면 라인하르트의 정체를 파악하기는커녕 오히려 그에게 잡아 먹혀 버릴 것만 같았다.

그러나 지켜야 할 비밀을 가지고 있는 데미우스는 아돌프의 호의가 조금도 탐탁지 않았다.

"저는 괜찮습니다. 저 혼자 들어가겠습니다."

데미우스가 크게 숨을 들이키며 앞으로 나섰다. 자연스럽게 아돌프가 자리를 내주며 문 옆으로 비켜섰다.

데미우스는 주저하지 않고 문고리를 돌렸다. 그리고 천천히 문을 열었다.

그 순간,

"어서 오십시오. 그렇지 않아도 기다리고 있었습니다."

생전 처음 보는 낯선 사내가 웃으며 그를 반겼다.

2

"빛의 마탑에서 온 데미우스라고 합니다."

데미우스가 먼저 자신을 소개했다.

마탑에 소속되어 있다면 자유 마법사들보다 우월감을 갖

는 게 일반적이었지만 상대는 대마법사다.

마법사의 정점에 선 대마법사에게 먼저 고개를 숙이는 건 당연한 이치였다.

"반갑습니다. 라인하르트라고 합니다."

사내, 라인하르트가 뒤따라 자신을 소개했다.

하지만 그것만으로는 라인하르트라는 사내를 온전히 파악하기가 어려웠다.

"실례가 안 된다면 라인하르트님의 마법명을 알 수 있을지요."

데미우스가 조심스럽게 물었다.

그는 세 명의 자유 마법사들 중 누구와도 일면식이 없었다.

그렇다 보니 라인하르트가 셋 중 누구인지 전혀 감을 잡을 수 없었다.

"마법명이라……."

나직이 중얼거리던 라인하르트가 짓궂게 웃었다.

그렇지 않아도 데미우스가 그렇게 물어 오길 기다리고 있던 차였다.

"한때는 시리우스라는 이름을 썼지요."

라인하르트가 데미우스를 바라보며 말했다. 그러자 데미우스의 눈매가 살짝 굳어졌다.

기대했던 라호메스는 물론이고 까다로울 것이라 여겼던

바이스도 아니었다.

하필이면 가진 정보조차 많지 않은 시리우스였다.

"정말…… 시리우스님이십니까?"

데미우스가 확인하듯 물었다.

그가 알기로 시리우스는 20년 전에 이미 중년의 모습을 하고 있었다. 하지만 눈앞의 사내는 아무리 보아도 20대처럼 보였다.

물론 대마법사가 되면 마나로 신체의 노화를 어느 정도까지 극복할 수는 있었다.

하지만 이미 늙어진 육신을 젊게 만드는 건 힘든 일이었다.

그나마 불가능의 영역이라 불리는 9레벨에 올라서야만 가능할 법한 일이었다.

"아, 제 외모 때문에 놀라셨나 본데 제가 익히고 있는 특별한 마법 때문에 젊게 보일 뿐입니다. 자유 마법사이다 보니 얼굴을 알리고 싶은 생각도 없고요."

라인하르트가 그럴듯한 말로 둘러댔다.

"그러시군요."

데미우스가 어느 정도는 납득한 듯 고개를 끄덕였다.

대마법사들의 경우 여러 마법을 조합해 자신만의 독창적인 마법을 만들곤 했다.

라인하르트가 펼친 마법도 어쩌면 그와 비슷한 부류일 것이라 여겼다.

게다가 정말 대마법사라면 다른 마법사를 사칭할 이유가 없었다.

대마법사마다 특징이 있고 상징적인 마법이 있기 때문에 사칭하는 것조차 쉽지 않았다.

게다가 만에 하나 일이 잘못된다면 대륙의 모든 마법사의 공분을 사게 될 수도 있었다.

그런 점에서 데미우스는 라인하르트를 시리우스라고 곧이곧대로 믿어버렸다.

"일단 자리에 앉으십시오."

라인하르트가 건너편 소파를 안내했다. 잠시 머뭇거리던 데미우스가 굳은 몸을 이끌고 자리에 앉았다.

"그런데 절 보자고 하셨다고요?"

라인하르트는 숨 돌릴 틈조차 주지 않고 곧장 용건을 꺼냈다.

자연스럽게 데미우스의 얼굴이 긴장감으로 굳어졌다.

"먼저 한 가지 여쭙겠습니다. 아베론 성의 마법진을 변경하신 게 시리우스님이십니까?"

자세를 바로잡으며 데미우스가 물었다.

"그렇습니다. 제가 수정했습니다."

라인하르트가 망설이지 않고 고개를 끄덕였다.

“제가 조사해 본 바에 따르면 중앙 마법진의 수식 자체를 변경하신 것 같은데 그것을 정말 시리우스님 혼자 변경하신 것입니까?”

데미우스가 다시 물었다.

그러자 라인하르트가 가볍게 웃어 보였다.

“마법진은 저 혼자 수정한 것입니다. 개인적으로 운이 좋아서 얼마 전에 8레벨을 완성시킬 수 있었답니다.”

라인하르트의 고백에 데미우스의 표정이 더욱 굳어졌다.

상대가 시리우스라는 사실도 당혹스러운데 8레벨까지 완성시켰다니. 일이 점점 꼬이는 기분이었다.

8레벨에 접어든 마법사를 가리켜 마법계에서는 대마법사라 부른다.

마법사로서의 정점에 오른 마법사다 보니 위대한 마법사라 존칭을 붙이는 것이다.

그러나 대마법사라고 해서 다 똑같은 대마법사는 아니었다.

근래 들어 마탑들이 경쟁적으로 속성 마법을 연구하는 탓에 대마법사의 수가 비약적으로 늘어난 상황이었다.

빛의 마탑만 하더라도 마탑에 소속된 대마법사가 무려 여섯 명이나 되었다.

7레벨을 완성시키고 대마법사를 바라보는 마법사들도 족

히 수십 명은 되었다.

그렇다 보니 설사 라인하르트가 빛의 마탑에 반하는 생각을 가지고 있다 하더라도 데미우스가 걱정할 건 없다시피 했다.

하지만 그것은 어디까지나 라인하르트가 대륙에 알려진 수준의 대마법사일 때에나 통용되는 이야기였다.

대륙에 알려진 시리우스의 마법 경지는 8레벨 중급.

레벨 별로 입문의 단계에서부터 시작해 초급, 하급, 중급, 상급, 고급, 완성, 각성에 이르는 8단계의 소분류 중 세 번째 단계였다.

그리고 시리우스보다 뛰어난 마법사는 빛의 마탑에 세 명이 존재하고 있었다.

그러나 지금 라인하르트는 스스로 8레벨을 완성했다고 말했다.

9레벨의 벽을 바라보는 8레벨 각성 단계에 들어선 인간 마법사가 역사적으로도 손에 꼽힐 정도인만큼 8레벨 완성은 인간이 익힐 수 있는 마법의 현실적인 한계나 마찬가지였다.

그리고 라인하르트와 버금갈 만한 마법사는 빛의 마탑에 단 한 사람도 없었다.

대륙을 통틀어도 8레벨을 완성시킨 마법사는 없었다.

8레벨의 완성을 바라보는 대마법사가 다섯 정도 있지만 아직까지는 8레벨 고급의 경지에 머무는 상황이었다.

그것은 빛의 마탑도 마찬가지였다. 빛의 마탑을 이끄는 마탑주의 마법 능력은 8레벨 고급.

그를 뒷받침하는 4대 대장로의 마법 능력은 8레벨 상급이 둘, 중급이 둘이었다.

그리고 얼마 전에 대마법사의 경지에 오른 마법사는 이제 8레벨 입문에 불과했다.

만에 하나 라인하르트가 빛의 마탑에 악의적으로 나왔을 때 순수한 마법 실력으로 그를 제압할 만한 마법사가 없다는 이야기였다.

데미우스는 마른침을 꿀꺽 삼켰다.

시리우스에 대해 알려진 바가 거의 없기 때문에 어쩌면 알려진 것보다 더 대단한 마법사일지 모른다는 풍문을 듣지 못한 것은 아니지만 정말로 8레벨을 완성시켰을 줄은 생각지도 못한 얼굴이었다.

'8레벨을 완성시켰다면 중앙 마법진의 수식을 변경하는 것도 불가능한 일만은 아니겠지.'

데미우스는 스스로의 상식으로 상황을 납득하려 노력했다. 하지만 그는 미처 알지 못했다. 라인하르트의 마법적인 능력은 인간의 범주 내에서 측정하기 불가능하다는 사실을 말이다.

어쨌든 라인하르트에 대한 기본적인 탐색은 끝이 났다. 라인하르트가 8레벨을 완성시켰다고 말한 순간부터 더 이상의 의심은 무의미한 일이었다.

데미우스는 천천히 숨을 골랐다. 라인하르트가 어떻게 마법진을 변경했는지까지 확인했으니 이제 남은 건 마기 흡수 마법진에 대한 해명과 입막음이었다.

"중앙 마법진을 수정하셨다니 아시겠지만 최근에 추가로 설치한 마법진이 하나 있습니다."

데미우스가 조심스럽게 운을 뗐다.

"알고 있습니다. 마기를 흡수하도록 설치가 되어 있더군요."

라인하르트가 슬쩍 입가를 비틀었다. 그렇지 않아도 빛의 마탑에서 마기 흡수 마법진을 거론할 것이라 예상하고 있었다.

"알고 계시다니 여러 말씀드리지 않겠습니다. 빛의 마탑에서 연구 차원에서 마기 흡수 마법진을 설치했습니다. 그 점만은 부정할 수 없습니다. 다만 불순한 목적이 있었던 것은 아닌 만큼 마법진의 존재에 대해 비밀을 지켜주시길 감히 부탁드립니다."

데미우스가 라인하르트 앞에 깊이 허리를 굽혔다. 의자에 앉아 있지 않았다면 아마 바닥에 납작 엎드려 절을 했을지도 몰랐다.

그만큼 빛의 마탑에 있어서는 마기 흡수 마법진의 존재를 감추는 게 무엇보다 중요했다.

만에 하나라도 이 일이 대륙에 알려질 경우 제국은 물론이고 다른 마탑에서 강하게 반발할 게 불을 보듯 뻔한 노릇이었다.

빛의 마탑이 대륙적인 마탑으로까지 올라선 것은 마기에 대한 대륙민들의 불안감 때문이었다.

상성적으로 빛의 마탑의 힘이 마기와 상극이었기 때문에 수많은 마법사가 빛의 마탑으로 몰려들었고 그로 인해 지금의 성장세를 이룰 수 있었던 것이다.

그런데 정작 그런 빛의 마탑에서 암암리에 마기를 채집하고 있었다.

단순히 연구 목적이었다고는 하지만 그렇다면 마법진을 은밀히 추가시킬 이유가 없었다.

애써 준비한 변명을 늘어놓으면서도 데미우스는 입술이 바짝바짝 타들어갔다.

자신이 생각해도 옹색하기 짝이 없는 말을 라인하르트가 믿어주려 할지 확신이 서질 않은 것이다.

그러나 다행이랄까.

라인하르트는 빛의 마탑의 속사정을 이해한다는 듯 가볍

게 고개를 끄덕였다.

"연구 목적이라고 하셨습니까?"

"그, 그렇습니다."

"그 말. 제가 믿어도 되겠지요?"

"물론입니다."

"그렇다면…… 제가 봤던 모든 것을 비밀에 붙일 수 있습니다."

"정말 감사합니다."

"하지만 앞으로는 다릅니다. 제가 몰랐다면 또 모르겠지만 알게 된 이상 해당 마법진에 대한 문제를 확실히 해두었으면 좋겠습니다."

라인하르트의 말에 데미우스의 표정이 달라졌다. 마법진에 대한 문제를 확실히 하자는 건 결과적으로 비밀 유지에 따른 대가를 요구하겠다는 말이나 다름없었다.

아니나 다를까.

"제가 알기로 마법진은 빛의 마탑에서 관리만 하는 것으로 알고 있습니다. 마법진에 대한 소유권은 아베론 영지에 있고요. 제 말이 틀렸습니까?"

라인하르트가 추궁하듯 말을 이었다.

"그, 그렇습니다."

데미우스가 고개를 주억거렸다. 상대가 단순한 대마법사

였다면 빛의 마탑을 믿고 한 번쯤은 버텨 봤겠지만 8레벨을 완성한 만큼 감히 반항할 수가 없었다.

"마법진이 아베론 영지의 소유라면 마법진을 통해 얻어지는 마기는 누구의 소유입니까?"

라인하르트가 짓궂게 물었다.

"그야 당연히…… 아베론 영지의 소유입니다."

데미우스가 마지못한 얼굴로 시인했다.

"그렇다면 이야기는 간단해지겠군요. 마법진은 물론이고 마법진을 통해 얻은 마기도 아베론 영지의 것인데 설마 빛의 마탑에서 그 마기를 아무런 대가도 지불하지 않고 가져가겠다는 말은 아니겠지요?"

라인하르트가 본색을 드러냈다. 그러자 데미우스의 얼굴이 딱딱하게 굳어졌다.

솔직히 말해 북부에 널리고 널린 마기에 대가를 운운한다는 것 자체가 말이 되지 않는 일이었다.

하지만 빛의 마탑에서 지금껏 아베론 영지의 마법진을 이용해 상당수의 마기를 채취했던 것도 사실이었다.

아직 그 대가에 대한 말이 나오지는 않았지만 라인하르트의 표정으로 보아 쉽게 물러서려 하지 않을 것 같았다. 어쩌면 상상 이상의 출혈이 생길지도 몰랐다.

지금껏 거의 공짜로 농축된 마기를 사용해 왔던 빛의 마탑의 입장에서는 불필요한 지출이나 마찬가지였다.

그렇다고 이제 와 마기를 포기할 수도 없는 노릇이었다. 만에 하나 일이 잘못됐다간 아베론 영지에서 마기 흡수 마법진의 존재를 외부로 알릴 수도 있었다.

빛의 마탑의 입장에서 봤을 때 그동안의 치부를 감추기 위해서라도 아베론 영지의 제안을 받아들여야 하는 상황이었다.

"원하시는 게…… 무엇입니까?"

침착하던 데미우스의 목소리가 흔들렸다. 그러자 라인하르트가 그리 겁먹을 것 없다며 손사래를 쳤다.

"별것 아닙니다. 그저 빛의 마탑 차원에서 몇 가지만 협조해 주시면 됩니다."

라인하르트의 말에 데미우스가 마른침을 꿀꺽 삼켰다.

몇 가지 협조란 말이 수십만 골드의 배상보다 더 부담스럽게 느껴졌다.

"마, 말씀하십시오."

데미우스가 한참 만에 입술을 뗐다.

그런 잠시 분위기를 즐기던 라인하르트가 느긋하게 말을 이었다.

"첫째로 앞으로 마법진은 아베론 영지에서 관리를 했으면 좋겠습니다."

"마법…… 진을요?"

"그동안 빛의 마탑에서 고생해 주셨다는 걸 모르지는 않습니다. 그 점에 대해서는 고맙게 생각합니다. 그래도 제가 있는데 굳이 빛의 마탑에서 마법진을 관리하는 것도 우스운 일이 아니겠습니까?"

라인하르트가 대마법사임을 앞세워 마법진의 관리권을 요구했다.

지금껏 아베론 영지에서 마법진을 관리하지 못했던 가장 큰 이유는 실력 있는 마법사가 없었기 때문이다. 하지만 지금은 라인하르트가 있었다.

현재 빛의 마탑에 라인하르트보다 뛰어난 마법사가 존재하지 않았다.

게다가 라인하르트는 혼자서 마법진을 변경하는 어마어마한 능력을 선보였다.

그 자체만으로도 아베론 영지는 더 이상 빛의 마탑의 도움을 받을 이유가 없었다.

그렇다 보니 마기 흡수 마법진 때문에 궁지에 몰린 데미우스는 그저 고개를 끄덕여야만 했다.

"대신 형식적으로 마법진의 관리는 빛의 마탑에서 전담하는 것으로 처리해 주십시오. 지금까지처럼 5년에 한 번씩 영지를 찾아오셔도 상관없습니다."

라인하르트가 슬쩍 입가를 비틀며 말했다.

빛의 마탑의 명성만큼은 철저히 이용하겠다는 생각이었다.

만에 하나 빛의 마탑에서 아베론 성의 마법진을 포기했다는 말이 나오면 다른 마탑들이 나서려 할 것이다.

빛의 마탑이 성장하는 동안 다른 마탑들도 놀고만 있지 않았다.

자신들만의 방법으로 마기에 대항할 수 있는 방법을 연구하고 발전시켰다.

그리고 아베론 영지는 그 연구의 가치를 입증할 수 있는 최적의 장소였다.

빛의 마탑이야 마기 흡수 마법진 문제로 몸을 낮춰야 하지만 다른 마탑은 사정이 달랐다.

어쩌면 라인하르트를 의심하고 그의 정체를 알아내기 위해 집요하게 덤벼들지도 몰랐다.

그래서 라인하르트는 차라리 비밀을 공유하고 있는 빛의 마탑에 맡기는 편이 낫다고 판단했다. 그리고 그것은 데미우스에게도 달가운 조건이었다.

"그렇게까지 배려해 주시니 감사할 따름입니다."

빛의 마탑이 아베론 성의 마법진을 관리한다는 건 대륙의 마탑을 대표하고 있다는 상징적인 의미나 마찬가지였다.

그렇다 보니 빛의 마탑을 대표하는 입장에서는 마다할 이유가 없었다.

설사 실질적인 관리를 하지 않더라도 표면적으로는 관리를 이어가는 게 더 중요하기 때문이었다.

데미우스의 표정을 확인한 라인하르트가 가볍게 고개를 끄덕였다. 그리고는 곧바로 두 번째 조건을 말했다.

“그다음으로 지금까지처럼 아베론 영지와 돈독한 관계를 유지해 줬으면 좋겠습니다.”

“그야…… 물론입니다.”

데미우스가 떨떠름한 표정을 지었다.

경험이 적은 마법사들 같았다면 라인하르트의 말을 곧이곧대로 받아들였을 것이다.

그러나 라인하르트는 정말로 빛의 마탑과 우호적인 관계를 유지하고 싶다고 말하는 게 아니었다.

말이 좋아 돈독한 관계 유지이지 결국 약점을 잡힌 빛의 마탑에서 알아서 아베론 영지를 도우라는 뜻이나 마찬가지였다.

대륙 최고의 마탑이라 불리는 빛의 마탑의 입장에서는 굴욕적인 조건이나 다름없었다.

하지만 비밀을 유지하고 명성을 유지하기 위해서는 받아들이는 것 이외에 다른 방도가 없었다.

"마지막으로 빛의 마탑에만 마기를 주기적으로 공급해 드릴 테니 그에 따른 대가를 확실히 지불했으면 좋겠습니다."

라인하르트가 세 번째로 금전적인 보상을 요구했다.

아베론 영지의 궁핍한 사정을 감안했을 때 금전적인 보상만큼 당장 이득이 되는 것은 없었다.

"그렇게 하겠습니다."

데미우스가 고개를 끄덕였다.

이미 마기에 대한 소유권을 확실히 한 만큼 보상을 하는 건 당연한 수순이었다.

"그 점에 대해서는 추후에 다시 협의를 했으면 좋겠습니다."

라인하르트가 일부러 여지를 남겨주었다.

데미우스가 제아무리 조사단의 총책임자라 하더라도 마탑의 일을 홀로 결정하지는 못할 터.

결국 마탑의 수뇌부와 상의를 하는 게 먼저였다.

"제 입장을 배려해 주셔서 감사합니다."

데미우스가 애써 미소를 보였다.

그나마 이 자리에서 마기에 대한 보상 규모를 정하지 않은 게 다행일 지경이었다.

"그럼 그 문제는 이쯤에서 마무리 지었으면 좋겠습니다."

라인하르트가 일방적으로 조사를 끝마쳤다.

"알겠습니다, 시리우스님."

데미우스가 다시 고개를 숙였다.

더 물어보고 싶은 게 아직 많이 남아 있지만 지금은 한발 물러설 때였다.

그래도 이곳까지 온 주된 목적은 이루었으니 손해를 본 것만은 아니었다.

"참, 저희 마탑의 북부 지부를 이끄시는 대장로님께서 시리우스님을 한번 뵙길 원하십니다만……."

마지막으로 데미우스가 시리우스의 방문을 청했다.

단순히 대마법사가 북부 지부를 방문해 주어도 마법사들에게는 큰 도움이 되었다.

하물며 8레벨을 완성시킨 대륙 유일의 마법사라면 그보다 더 큰 영광이 없었다.

하지만 라인하르트는 빛의 마탑 북부 지부를 방문해 자신의 지식을 헤프게 나눠줄 마음이 추호도 없었다.

"전 브론즈 남작가의 가신입니다. 그리고 전 아베론 영지에 머물러 있어야 합니다."

라인하르트가 완곡하게 거절을 했다.

인간 마법사들과 교류할 수 있는 좋은 기회이긴 했지만 그렇다고 엘리자베스의 뜻을 어길 수는 없는 노릇이었다.

"가신…… 이라니요?"

데미우스가 깜짝 놀란 얼굴로 라인하르트를 바라봤다.

8레벨의 대마법사라면 레오니스 제국에 가더라도 백작위 이상을 받아낼 수 있었다.

그런데 군주를 섬기는 것도 아니고 일개 남작가의 가신이 되다니. 데미우스의 상식으론 이해하기 어려웠다.

그러자 라인하르트가 웃으며 말을 이었다.

"이상하게 생각하실 것 없습니다. 제가 8레벨을 완성시킬 수 있었던 것도 다 가주님 덕분입니다."

라인하르트는 마치 브론즈 남작가에 큰 빚을 지고 있는 것처럼 둘러댔다.

그제야 데미우스도 납득이 된 듯 묵묵히 고개를 끄덕였다.

3

같은 시각.

"로엘님, 로엘님께 서신이 왔습니다."

제국 북부의 루반 백작령에서 로엘이라는 이름으로 활동하고 있던 한 자유 마법사에게 서신이 도착했다.

서신을 받아 든 자유 마법사는 이맛살을 찌푸렸다.

겉봉에 찍힌 인장의 모양은 지금껏 단 한 번도 보지 못한 것이었다.

자신이 모르는 가문에서 갑작스럽게 서신이 오는 경우는 크게 두 가지였다.

첫째는 자신을 대단치 않은 자유 마법사로 보고 영입하려는 경우.

둘째는 자신의 정체를 알고 은밀히 유인하려는 경우.

대부분의 서신은 전자였다. 그러나 이번 서신은 불행히도 후자였다.

로엘. 아니, 시리우스라고 불러야 할까?

그대가 암흑 마법의 흔적을 찾아 움직이고 있다는 사실은 잘 알고 있다.

내가 그대가 원하는 암흑 마법을 전부 가르쳐 주겠다. 그러니 흔적을 남기지 말고 최대한 빨리 날 찾아오도록 해라.

참고로 난 기다리는 건 딱 질색이야. 그러니까 늑장을 부렸다간 알아서 하도록.

—대륙에는 없는 북부의 영지로부터

만일 서신만 도착했다면 자유 마법사는 코웃음을 쳤을 것이다.

하지만 서신의 밑에는 자신이 그토록 익히길 원하던 7레벨 암흑 마법의 마법 수식이 상세하게 적혀 있었다.

게다가 그 마법 수식은 굳이 확인할 필요조차 없었다.

단순히 눈으로 읽어 내리는 것만으로도 몸 안에 잠재되어 있던 어둠의 마나가 들끓고 있었다.

이런 희열은 어둠의 길로 들어선 이래 처음 겪는 것이었다.

"레이나! 셀레나! 어서 짐을 챙겨라! 어서!"

자유 마법사가 뒤를 향해 소리쳤다.

그렇게 자유 마법사의 발걸음이 이름 없는 북쪽 영지로 향했다.

제16장

포션의 효과 Part 1

1

데미우스는 이틀간 아베론 영지에 머물다가 조사단과 함께 빛의 마탑 북부 지부로 되돌아갔다.

라인하르트로부터 마기 흡수 마법진에 대한 비밀 유지 약속을 받은 만큼 더 이상 아베론 영지에 남아 있을 이유가 없었다.

아베론 영지를 떠나기 전날 밤, 데미우스는 은밀하게 아돌프를 찾아왔다.

그리고 아돌프에게 라인하르트의 정체에 대해 알려주었다.

"그게…… 정말입니까?"

라인하르트가 자유 마법사들 중에서도 대마법사의 경지에 이른 시리우스라는 사실을 전해들은 아돌프는 당혹감을 감추지 못했다.

라인하르트의 마법 실력이 예사롭지 않다고는 생각했지만 설마 하니 대마법사일 것이라고는 생각지도 못한 얼굴이었다.

"아돌프님이 무엇을 염려하는지 잘 알고 있습니다. 하지만 판단에 신중을 기하셔야 할 것 같습니다."

데미우스는 시리우스 같은 대마법사가 브론즈 남작가의 가신으로 머무는 건 그럴 만한 이유가 있기 때문일 것이라고 말했다.

또한 만약을 위해서라도 브론즈 남작가를 철저하게 알아볼 필요가 있다고 충고했다.

"흐음……."

자연스럽게 아돌프의 고민은 더욱 깊어져만 갔다.

고위 마법사도 아니고 대마법사를 가신으로 둔 가문은 대륙 내에서도 손에 꼽힐 정도였다.

그리고 그 가문들은 하나같이 대단한 권세를 누리는 가문들이었다.

그러나 그 가문들 속에 브론즈 남작가란 이름은 들어 있지 않았다.

아니, 잘해봐야 변방의 영주인 남작이 권력을 잡기란 애당초 불가능한 노릇이었다.

'브론즈 남작가, 대체 어떤 가문이란 말인가.'

아돌프는 이맛살을 찌푸렸다.

하지만 단순히 고민을 한다고 해서 풀릴 수수께끼는 아니었다.

"부디 나쁜 의도는 없어야 할 텐데……."

어둑해진 창가를 바라보며 아돌프가 무겁게 한숨을 내쉬었다.

레이샤드와 아베론 영지를 지켜야 하는 그로서는 비밀에 둘러싸인 브론즈 남작가가 더없이 부담스럽기만 했다.

2

데미우스가 돌아간 이후 레이샤드와 아스타로트는 시험의 궁에 들어가 잠시 중단했던 수련을 이어갔다.

수련의 방식은 여전이 일방적이었다.

모르는 이들이 보았다면 아스타로트가 수련을 핑계 삼아 레이샤드를 구타하는 것이라 느낄 정도였다.

하지만 정작 당하기만 하는 레이샤드의 표정은 밝았다. 이제는 아스타로트의 검을 세 번에 한 번 정도는 가까스로 막아낼 수 있게 되었기 때문이다.

후아아앗!

예민해진 청각을 타고 아스타로트의 검이 움직이는 소리가 들려왔다. 그와 동시에 왼쪽 어깨 쪽에 따끔한 통점이 생겼다.

"하압!"

레이샤드는 기합을 내지르며 검을 수평으로 눕혀 들었다. 그리고 왼쪽 어깨로 날아드는 디스트로이를 막으려 애를 썼다.

하지만 애석하게도 이번에는 아스타로트의 움직임이 더 빨랐다.

퍼어엉!

요란한 굉음과 함께 레이샤드가 저만치 튕겨 나갔다. 예전 같으면 고통을 참지 못하고 혼절했겠지만 수련에 익숙해진 탓일까.

이제는 인상 한 번 찌푸리고는 이를 악물고 자리에서 일어섰다.

달라진 것은 그뿐만이 아니다.

"방향은 옳게 잡은 것 같은데 내가 뭘 놓쳤죠?"

검을 고쳐 잡으며 레이샤드가 아스타로트를 향해 당당히

물었다.

"막는 위치가 틀렸다. 방향을 읽었다면 앞쪽에서 공격을 쳐 내는 게 최선이다."

"그러니까 내가 너무 몸을 사렸다는 말이죠?"

"그렇다."

아스타로트의 충고를 가슴에 새기듯 레이샤드가 고개를 주억거렸다. 그리고는 다시 야무진 표정을 지었다.

"간다!"

아스타로트가 디스트로이를 든 손목을 살짝 비틀었다. 그와 동시에 날선 검이 레이샤드의 오른쪽 옆구리를 향해 뻗어나갔다.

후아아앗!

살벌한 파공음이 레이샤드의 귓가를 때렸다. 예전 같았으면 겁부터 집어먹었을 상황이다.

그러나 레이샤드는 용케도 아스타로트의 공격 방향을 파악했다.

'오른쪽 옆구리다. 그렇다면……!'

레이샤드는 질근 입술을 깨물었다. 그리고는 있는 힘껏 검을 오른쪽 사선으로 올려 쳤다.

아스타로트가 자신을 일방적으로 괴롭히는 게 아니라는 사실을 깨달은 순간부터 레이샤드는 그의 가르침을 철저히 따르기로 마음먹었다.

이번에도 마찬가지. 안전을 추구하는 그의 성격대로라면 검을 역으로 잡고 검면으로 아스타로트의 공격을 막으려 했을 것이다.

하지만 몸을 사리지 말라는 조언 때문인지 과감하게 디스트로이를 향해 검을 휘둘렀다.

까가강!

레이샤드의 선택은 옳았다. 반원을 그리며 움직인 검의 궤적에 디스트로이의 움직임이 걸려든 것이다.

아스타로트는 무리하지 않고 디스트로이의 방향을 바깥으로 흘려냈다.

자연스럽게 레이샤드의 오른쪽 옆구리를 향했던 살기도 바람처럼 사라졌다.

"후우우……."

어렵사리 공격을 막아낸 레이샤드가 가쁜 숨을 몰아쉬었다.

솔직히 말해 조금 전 방어는 운이 따랐다. 만일 조금이라도 일찍 검을 휘둘렀거나 늦게 대응했다면 아스타로트의 검은 필시 자신의 옆구리를 후려쳤을 것이다.

그 점을 아스타로트도 잘 알고 있었다. 다분히 운이 따랐던 방어 기술을 실전에서 쓰기 위해서는 앞으로도 더 많은 반복

훈련이 필요했다.

그러나 자신의 가르침을 흘려듣지 않고 곧바로 실행에 옮긴 점은 높이 평가할 만했다.

'이것이 라인하르트가 그토록 말하던 인간의 성장이라는 것이군.'

이제야 조금은 기사다워진 레이샤드를 바라보며 아스타로트가 슬쩍 입가를 비틀었다.

하지만 그것도 잠시.

레이샤드의 시선이 자신을 향하자 아스타로트는 언제 그랬냐는 듯 딱딱한 표정으로 되돌아갔다.

3

시험의 궁을 나선 레이샤드는 곧장 지하연무장으로 향하고 싶었다.

아스타로트와의 대련을 복기하며 자신의 부족한 점을 수련하기 위해서였다.

하지만 제아무리 영주라 하더라도 모든 시간을 자신의 뜻대로 보낼 수는 없는 노릇이었다.

"어서 오십시오, 영주님. 그렇지 않아도 기다리고 있었습니다."

시험의 궁에서 돌아온 레이샤드를 라인하르트가 반겼다.

어지간해서는 집무실에 모습을 보이지 않던 그가 찾아온 것으로 보아 그만한 일이 생긴 것 같았다.

"혹시 빛의 마탑에서 다시 조사단을 보냈나요?"

레이샤드가 지레짐작하며 물었다.

그러자 라인하르트가 심각한 일이 아니라며 빙긋 웃어 보였다.

"빛의 마탑의 일은 제가 잘 해결했으니 안심하십시오. 그보다는 지난번에 얻었던 식물들을 가지고 실험을 해봤는데 재미난 결과를 얻었습니다. 그래서 영주님께 보고드리기 위해 이렇게 찾아왔습니다."

"오, 그래요?"

레이샤드의 표정이 덩달아 밝아졌다.

본래 마법사들은 실험실이 완성되면 이런저런 실험의 결과물을 가지고 영주를 찾는 경우가 많았다.

영지에 도움이 될 만한 무언가를 만들었다는 핑계를 대지만 결국 목적은 연구 지원금인 경우가 대부분이었다.

그리고 실제로 연구가 제대로 진행되어 영지에 도움이 될 만한 무언가가 만들어지는 경우는 극히 드물었다.

하지만 라인하르트라면 이야기는 달랐다.

영지의 마법진을 홀로 수정한 그가 고작 마법적인 실험 결과를 놓고 자신을 찾아오지는 않았을 것이다.

필시 아베론 영지에 이로운 무언가를 발견해 낸 것임에 틀림없어 보였다.

“지금 볼 수 있나요?”

“물론입니다, 영주님. 그럼 제 실험실로 가시지요.”

라인하르트는 앞장서서 실험실로 향했다. 그의 실험실은 내성의 제1첨탑에 위치해 있었다.

레이샤드와 엘리자베스, 아스타로트는 군말없이 라인하르트를 따랐다.

마법 결계에서 식물들을 발견한 이후 라인하르트는 본격적으로 마법 실험을 하고 싶다며 레이샤드에게 실험실을 요청했다.

레이샤드는 일반적으로 마법사들의 실험실이 첨탑에 위치해 있다는 걸 감안해 내성의 제1첨탑을 라인하르트에게 통째로 내주었다.

그렇게 해서 마련된 라인하르트의 실험실에는 벌써 수많은 마법 기구가 잔뜩 들어 차 있었다.

“와……!”

처음으로 라인하르트의 실험실에 들어선 레이샤드는 놀란 눈으로 주변을 둘러보았다.

만일 아돌프가 보았다면 그 출처를 꼬치꼬치 캐물었을 마법 기구들이 태반이었다.

그러나 레이샤드는 마법실을 제대로 구경할 여유가 없었다. 곧장 실험의 결과물을 자랑하기 시작한 라인하르트 때문이었다.

"영주님, 이걸 보십시오."

라인하르트가 기다란 시험관 하나를 레이샤드의 눈앞에 내밀었다.

시험관 안에는 피보다 연한 붉은색을 띠는 액체가 반쯤 담겨 있었다.

"이게 무엇인가요?"

레이샤드가 의아한 눈으로 물었다. 그러자 라인하르트가 씩 웃더니 아스타로트에게 눈을 돌렸다.

"아스타로트님, 미안하지만 팔에 상처 좀 내주시겠습니까?"

라인하르트가 갑작스런 부탁을 했다.

"그대의 팔에 말인가?"

아스타로트가 싸늘한 목소리로 되물었다.

"하하, 그럴 리가요. 당연히 아스타로트님의 손에 상처를 내주셔야지요."

라인하르트가 가볍게 손사래를 쳤다.

표정을 보아하니 마법 실험의 대상으로 아스타로트를 점

찍은 모양이었다.

보통 마법 실험의 대상은 마법사의 제자나 실험실에서 일하는 노예들이 하는 게 일반적이었다.

하지만 아직 라인하르트에게는 제자가 없었다. 게다가 실험실 자체가 비밀스러운 장소다 보니 함부로 노예를 구하기도 어려웠다.

그렇다고 엘리자베스나 레이샤드에게 실험에 협조해 달라고 요청할 수는 없는 일이었다. 자신의 몸에 상처를 내는 것도 달갑지 않았다.

결국 남은 게 아스타로트였다.

게다가 그는 현재 기사의 신분이다. 작은 상처쯤은 얼마든지 감당할 수 있어야 했다.

"꼭 상처를 내야 하는 건가요?"

라인하르트의 속내를 알아챈 듯 엘리자베스가 가볍게 미소를 보였다.

"이 포션의 효과를 증명하는 데 있어 그것보다 확실한 방법은 없습니다."

라인하르트가 당연하다며 고개를 숙였다.

순간 아스타로트의 표정이 싸늘하게 변했지만 그는 실실 웃기만 했다.

"아스, 협조 좀 해줘."

엘리자베스가 어쩔 수 없다는 듯 아스타로트를 바라봤다. 그렇다고 레이샤드가 보는 앞에서 서로 얼굴을 붉히며 싸울 수는 없는 노릇이었다.

"알겠습니다, 엘리자베스님."

아스타로트가 마지못해 고개를 숙였다. 내키지는 않았지만 엘리자베스의 명이라면 절대적으로 따라야 했다.

"상처가 얼마나 깊으면 되지?"

아스타로트가 라인하르트를 바라보며 으르렁거렸다.

"상처의 깊이는 크게 상관없습니다. 다만 가능하시다면 혈관에 상처를 내주시겠습니까?"

라인하르트가 생각보다 어려운 주문을 했다.

"혈관에 상처를 내라?"

순간 아스타로트가 재미있다는 듯 눈을 빛냈다. 그제야 라인하르트가 자신을 선택한 이유를 알 것 같았다.

중간계에 내려온 이후로 라인하르트는 아스타로트에게 깍듯하게 대했다.

작위로 따지자면 라인하르트가 더 높았지만 그는 늘 아스타로트를 높게 떠받들었다. 아스타로트에게 대적할 마음이 없음을 분명히 했다.

그런 라인하르트가 아스타로트를 실험 대상으로 삼은 이유는 간단했다.

라인하르트가 원하는 환부를 아무렇지도 않게 만들어 줄 수 있는 게 아스타로트밖에 없었기 때문이다.

"그 정도라면 어려운 일은 아니다."

아스타로트는 허리춤에 차고 있던 단검을 뽑아 들었다. 그 사이 레이샤드와 엘리자베스는 몇 걸음 뒤로 물러나 만약의 사태에 대비했다.

"아스타로트님, 혈관이 잘리지 않게 각별히 조심하십시오."

라인하르트가 이제 와 걱정스런 말을 전했다.

쓸데없는 말이긴 했지만 그렇게라도 해야 마음이 편할 것 같았다.

라인하르트의 약은 속내를 알아챈 아스타로트는 피식 웃었다. 그리고는 단숨에 자신의 왼 팔목을 그었다.

그 순간,

파아아앗!

아스타로트의 팔목을 타고 검붉은 핏물이 솟구치기 시작했다.

호언장담한 것처럼 아스타로트는 정확하게 자신의 팔목을 가로지르는 핏줄 하나를 반쯤 잘라냈다.

마스터의 경지에 오른 기사라 하더라도 자신의 몸에 상처를 내는 것은 쉽지 않은 일이었지만 아스타로트에게는 그저 장난 같은 일이었다.

핏줄을 뚫고 쏟아진 핏물이 금세 실험실 바닥을 적셨다. 인간들의 피에 비하면 확실히 검었지만 레이샤드는 너무 놀란 나머지 그 사실을 전혀 알아채지 못했다.

"영주님, 진정하십시오. 여기에 이 포션을 붓는다면 곧 모든 상처가 아물 테니까요."

일단 레이샤드를 안심시킨 뒤 라인하르트는 아스타로트의 팔목 위에 붉은색 액체를 들이부었다.

점성이 높은 붉은색 액체가 마치 뱀처럼 시험관을 따라 흘러내렸다. 그리고는 핏물이 쏟아지는 아스타로트의 팔목에 스며들었다.

그 순간,

츠아아아아!

요란한 소리가 나더니 순식간에 손목의 출혈이 멈춰 버렸다. 뒤이어 깊은 검상도 깨끗이 사라졌다.

"아스타로트님, 한 번 손목을 움직여 보시겠습니까?"

라인하르트가 웃는 얼굴로 말했다. 아스타로트는 시키는 대로 손에 힘을 주었다.

마기를 끌어 올려 잘린 핏줄을 재생시키지 않았는데도 손목에서는 아무런 이질감이 느껴지지 않았다.

"대…… 단하군!"

아스타로트는 자신도 모르게 감탄을 터뜨렸다.

그동안 수많은 전투를 치루면서 수없이 상처를 입었고 그 때마다 다양한 회복 포션들을 접해 봤지만 라인하르트가 만든 포션처럼 완벽하게 상처를 아물게 하는 포션은 처음이었다.

"보셔서 아시겠지만 어지간한 상처는 물론이고 혈관이나 뼈가 잘려 나가도 눈 깜짝할 사이에 치료할 수 있는 대단한 포션이랍니다. 아마 대륙에 유통되고 있는 그 어떤 마법 포션도 이보다 뛰어난 효과를 보이지는 못할 겁니다."

라인하르트가 자신만만한 목소리로 말했다.

그의 확신처럼 마법으로 제조된 포션들 중 잘려 나간 혈관까지 단숨에 이어 붙이는 포션은 존재하지 않았다.

단순히 외상을 치료하는 포션이야 대륙에도 많았다.

몬스터 사냥을 떠나는 용병들이 가장 먼저 챙기는 게 바로 상처의 회복을 증진시켜주는 포션이었다.

하지만 그런 포션만으로는 잘린 손가락을 이어 붙일 수가 없었다.

살들은 어떻게든 연결시킬 수 있지만 혈관이나 뼈, 근육과 같은 세심한 부분까지 원상태로 되돌리는 것은 불가능하기 때문이었다.

반면 라인하르트가 만든 포션은 달랐다.

아스타로트의 손목에서 피분수가 뿜어졌다는 건 혈관이 잘렸다는 의미다.

그런데 외상은 물론이고 혈관의 상처까지 단숨에 치료해 버렸다.

만일 이 치료 포션을 대량으로 만들 수만 있다면? 아마 대륙 포션 시장의 판도가 달라질 것이다.

"아스타로트, 정말 괜찮아요?"

레이샤드가 다시 한 번 아스타로트의 상태를 살폈다.

"나는 괜찮다."

아스타로트가 묵묵히 고개를 끄덕였다. 그의 표정으로 보아 아무런 문제도 없는 것 같았다.

"이걸…… 대체 어떻게 만든 거예요?"

레이샤드가 라인하르트를 바라보며 물었다. 그러자 라인하르트가 브리츠의 교배종을 들어 올리며 말했다.

"이 녀석의 꽃잎에서 추출한 성분을 마나수와 섞었더니 이런 효과를 냈습니다."

라인하르트는 마치 치료 포션이 마법 실험의 우연찮은 부산물인 것처럼 둘러댔다.

하지만 실제로 이토록 혁신적인 치료 포션을 만들기까지는 적잖은 시간과 노력이 필요했다.

본래 마계에서 자생하는 브리츠는 사람의 팔뚝만 한 꽃을

피웠다. 그리고 그 꽃잎 안쪽에서 붉은색 진액이 생성되었다.

이 진액은 약간의 독성을 내포하고 있지만 재생에 탁월한 효능을 보였다.

진액을 둘러싼 꽃잎들도 마찬가지였다.

그래서 하급 마족들은 꽃잎을 가루로 만들어 치료 목적으로 이용하곤 했다.

그러나 대륙의 식물들과 교배하면서 브리츠의 형태는 상당히 달라졌다.

일단 꽃의 크기가 주먹만 하게 작아졌다. 전제척으로 붉기만 하던 줄기도 대륙의 평범한 녹색으로 변했다. 자연스럽게 외관상의 위화감이 상당히 줄어들었다.

하지만 그 과정에서 진액이 사라져 버렸다. 진액의 치료 효능은 꽃잎에 남아 있었지만 그 효과가 교배 전의 브리츠에는 미치지 못했다.

그래서 라인하르트는 몇날 며칠을 고심하며 브리츠 교배종의 치료 효능을 극대화시킬 수 있는 방법을 연구했다.

그 결과 점도가 높은 마나수에 브리츠 꽃의 원액을 섞어 치료 포션을 만들어 내는 데 성공했다.

연구에 성공한 것은 비단 브리츠 교배종만이 아니다.

"영주님, 이것도 좀 보십시오."

치료 포션의 감흥이 채 사라지기도 전에 라인하르트가 새로운 시험관을 내밀었다. 그 안에는 보라색 물약이 반쯤 담겨 있었다.

"그건 뭔가요? 그것도 치료 포션인가요?"

레이샤드가 대번에 관심을 가졌다. 그러자 라인하르트가 가볍게 고개를 흔들며 말했다.

"이건 사람을 흥분 상태로 만들어주는 포션입니다."

"흥분…… 상태로 만들어 준다고요?"

"네, 일종의 흥분제 같은 것이지요."

라인하르트는 두 번째 포션 또한 대단한 발견인 것처럼 말했다.

그러나 두 번째 포션 역시도 라흐만 교배종을 오랫동안 연구한 끝에 얻어낸 수확이나 마찬가지였다.

하지만 정작 레이샤드의 표정은 치료 포션을 대할 때와는 전혀 다르게 변해 있었다.

비록 나이는 어리지만 레이샤드도 흥분제에 대해서는 들어 본 적이 있었다.

주로 남녀가 애정행각을 벌일 때 보다 많은 쾌락을 즐기기 위해 섭취하는 것으로 알려져 있었다.

하르베스 폐황태자도 생전에 여러 곳에서 흥분제를 선물로 받은 적이 있었다.

그럴 때마다 하르베스 폐황태자는 레이샤드를 불러 훗날

성인이 되더라도 흥분제 같은 포션은 되도록 가까이 하지 말라고 충고를 했다.

그래서 레이샤드는 흥분제를 마치 독처럼 인체에 유해한 것으로 인식했다.

하지만 실상 흥분제처럼 귀족들 사이에서 인기 있는 포션도 없었다.

대지의 여신 루베나의 다른 이름은 사랑의 여신이었다. 그래서 대지의 신전에서는 합법적으로 사랑의 축복이라는 흥분제를 대륙에 공급하고 있었다.

그뿐만이 아니다.

대륙의 마탑에서도 흥분과 각성에 도움이 되는 식물들의 원료를 채집해 흥분제를 개발해 판매하고 있었다.

덕분에 지금은 돈만 있으면 누구라도 흥분제를 구입할 수 있었다.

그러나 그런 대륙의 상황을 레이샤드는 제대로 인식하지 못하고 있었다.

"영주님, 흥분제는 영주님께서 생각하시는 것만큼 나쁘거나 위험한 포션이 결코 아닙니다. 인간이라면 누구나 추구하는 쾌락을 조금 더 즐기기 위해 만들어진 포션입니다."

라인하르트가 진지한 얼굴로 레이샤드를 설득했다. 하지만 레이샤드의 표정은 쉽게 달라지지 않았다.

'이것 참, 그렇다고 포션을 강제로 먹일 수도 없고.'

살짝 미간을 찌푸리던 라인하르트가 마지못해 시험관을 내려놓았다.

그렇다고 치료 포션처럼 실험을 통해 그 효과를 증명해 보일 수도 없으니 난감한 노릇이었다.

라인하르트는 마지막으로 세 번째 시험관을 잡아 올렸다. 그 속에는 시험관만큼이나 투명한 액체가 들어 있었다.

"그것도 흥분제는 아니겠죠?"

레이샤드가 이맛살을 찌푸리며 물었다. 그러자 라인하르트가 서운하다는 듯 굴었다.

"영주님, 이 포션은 제가 영주님을 위해 특별히 만든 마나 회복제입니다."

"마나…… 회복제요?"

순간 레이샤드의 눈이 반짝 뜨였다.

마나 회복제라는 말을 곧이곧대로 이해하자면 소비한 마나를 회복시키는 포션인 게 틀림없었다.

"한 번 드셔 보시겠습니까?"

라인하르트의 입가로 다시 웃음이 번졌다.

마법사에게 있어서 자신이 만든 물건에 대한 관심만큼 기분 좋은 일은 없었다.

"그래도 돼요?"

레이샤드가 라인하르트를 바라봤다.

그러자 라인하르트가 투명한 액체를 유리병에 따라 레이샤드에게 건네주었다.

"이 포션을 마시면 마나홀이 묵직해지실 겁니다."

라인하르트가 기대 어린 얼굴로 말했다.

아직 개량 실험이 진행 중인 상태이긴 했지만 효능만큼은 확실히 보장할 수 있었다.

레이샤드는 망설이지 않고 포션을 들이켰다.

꿀꺽. 꿀꺽.

식도를 타고 내려간 액체가 순간 온몸을 빠르게 휘돌기 시작했다.

"윽!"

레이샤드는 자신도 모르게 신음을 내뱉었다. 갑자기 마나홀이 찌릿 하고 울린 것이다.

하지만 그것도 잠시.

온몸을 타고 움직이던 액체가 마나홀 속으로 빨려 들어가자 라인하르트의 말처럼 묵직함이 느껴지기 시작했다.

그 묵직함은 지금까지 느꼈던 것과는 차원이 다른 것이었다.

뭐랄까. 지금껏 만들어 놓은 마나홀에 마나가 가득 차다 못해 넘쳐흐를 것만 같은 기분이었다.

"이, 이건……!"

레이샤드가 놀란 눈으로 빈 병을 바라봤다. 놀랍게도 포션만으로 마나량을 늘릴 수 있게 된 것이다.

"대단해요! 이것만 있으면 누구라도 마스터의 경지에 오를 수 있을 것 같아요!"

마나 회복 포션의 효과를 직접 체험한 레이샤드는 흥분을 감추지 못했다.

이대로 마나 회복 포션을 꾸준히 섭취하다 보면 마나량이 단숨에 증진될 것 같았다.

하지만 라인하르트는 그렇지 않다며 고개를 흔들었다. 마나 회복 포션의 효과는 일시적으로 마나를 보충시켜주는 데 지나지 않았다.

제아무리 마법 공작이라 불리는 라인하르트라 하더라도 마법적 비법으로 마나량을 영구히 늘리는 방법은 알지 못했다.

그렇다고 해서 마나 회복 포션이 마나 증진에 아예 효과가 없는 것은 아니었다.

마나 회복 포션은 알로아 교배종의 꽃잎에 들어 있는 고순도의 마나를 일시적으로 액화시켜 놓은 것이다.

복용할 경우 24시간 정도 순수한 마나의 형태를 유지하다가 마법적인 효과가 사라지면 그대로 흩어져 버리고 만다.

따라서 24시간 이내에 마나 익스핀을 시행한다면 어느 정도까지는 마나홀에 축적시킬 수 있었다.

"마나 회복 포션을 활용한다면 마나 수련을 하시는 데 적잖게 도움이 될 수 있을 것 같습니다. 하지만 포션만으로 마스터가 되는 건 불가능한 일이랍니다."

라인하르트는 레이샤드가 오해하지 않도록 마나 회복 포션의 효능에 대해 다시 한 번 설명했다.

"아……. 그래요? 내가 너무 욕심을 부렸나 보네요."

레이샤드가 멋쩍게 웃어 보였다.

하기야 고작 포션 하나로 마스터가 될 수 있다면 대륙에는 수많은 마스터가 존재하고 있을 터였다.

그래도 마나 수련에 상당한 도움을 받을 수 있다는 사실만큼은 마음에 들었다.

"혹시 이 포션은 이게 전부인가요?"

레이샤드가 기대 어린 눈으로 물었다.

그러자 라인하르트가 씩 웃더니 책상 구석에서 약병 5개를 집어 들었다.

"혹시라도 영주님께서 찾으실까 봐 미리 몇 개 더 만들어 놨습니다."

라인하르트가 두 손으로 약병들을 레이샤드에게 내밀었다.

"고마워요!"

레이샤드는 주저하지 않고 냉큼 약병들을 받아 들었다.

약병 안에는 조금 전에 맛보았던 투명한 액체들이 가득 채워져 있었다.

"이걸 한꺼번에 복용하면 어떻게 되나요?"

레이샤드가 궁금한 점을 물었다.

만에 하나라도 마나 증진 효과가 중첩이 된다면 한 번 시험해 보고 싶었다.

그러자 라인하르트가 가볍게 웃으며 고개를 흔들었다.

"몸속에 있는 마나가 전부 소진이 된 상태라면 여러 병을 한꺼번에 마시는 것도 도움이 될 수 있습니다. 하지만 단순히 수련이 목적이시라면 하루에 한 병씩만 드셔도 충분할 것 같습니다."

마나 회복 포션의 진정한 효과는 갑작스런 마나 고갈 때에나 볼 수 있었다.

그렇다 보니 체내에 마나가 원활하게 공급되고 있는 상황에서라면 약간의 마나 증진 이외에는 큰 효과를 보기 어려웠다.

"알겠어요, 라인하르트."

레이샤드는 충분히 이해가 됐다는 듯 고개를 끄덕였다.

지나친 복용은 모르겠지만 어쨌든 마나 회복 포션이 검술 수련에 도움이 될 거란 이야기다.

레이샤드는 스스로 마나 수련이 부족하다고 여기고 있었다.

실전 검술은 아스타로트로부터 강도 높게 훈련 받고 있지만 마나 익스핀을 통한 마나 축적과 활용은 아직 더딘 상황이었다.

물론 마나 수련이야 모든 기사가 평생에 걸쳐 하는 것이다. 마스터의 경지에 오른 기사들도 마찬가지였다. 마스터가 된 이후에도 마나 수련은 빼놓지 않았다.

하지만 이제 막 검술의 재미를 깨우친 레이샤드는 내심 조급함을 가지고 있었다.

하루 빨리 마나 수련의 경지를 끌어 올려서 오러를 만들어 내고 싶은 욕심 때문이었다.

레이샤드는 현재 마나를 느끼는 오러 유저의 경지에 머물러 있다.

세분하자면 오러 유저 초급 수준이다. 이제 겨우 입문 수준을 벗어난 단계였다.

그마저도 하르베스 소드가 없었다면 어려웠을 것이다.

하르베스 소드의 특성상 자세나 환경에 구애받지 않고 마나 익스핀을 통한 마나 수련이 가능하기 때문에 실전 검술을 익힌 지 얼마 지나지 않았음에도 초급 수준에 접어든 것이다.

그러나 아스타로트라는 엄청난 기사를 검술 스승으로 둔 레이샤드에게 오러 유저 초급이라는 수준은 성에 차지 않았다.

레이샤드가 1차적으로 바라보고 있는 경지는 오러 나이트였다.

오러 나이트는 오러 레벨의 두 번째 단계로, 축적된 오러를 무기를 통해 몸 밖으로 방출할 수 있는 단계를 말한다.

일반적으로 검술을 포함한 기사의 경지는 크게 세 단계로 구분된다.

노멀 레벨과 오러 레벨, 그리고 마스터 레벨이다.

이 중 노멀 레벨은 마나를 체득하기 이전 단계를 지칭한다.

검을 처음 잡기 시작한 입문자(비기너)에서부터 시작해 기초적인 검술을 익히는 수련자(유저), 기초적인 검술을 완성시키고 기본 검술을 익히는 숙련자(익스퍼트)가 바로 노멀 레벨에 해당한다.

얼마 전까지만 해도 익스퍼트 상급의 경지에 머물렀던 레이샤드는 하르베스 소드를 통해 오러 레벨에 진입했다.

오러 레벨과 마스터 레벨과는 달리 노멀 레벨은 각 경지 별 완성의 단계를 이루지 않더라도 상위 단계로 나아갈 수 있었다.

오러 레벨은 노멀 레벨처럼 다시 세 단계로 구분이 된다.

지금 레이샤드가 머물고 있는 오러 유저의 경지는 마나 익스핀을 통해 체내에 마나를 축적시킬 수는 있으니 그것을 몸 밖으로 끌어내지 못하는 단계를 이른다.

그다음이 오러를 발산하는 오러 나이트이며 마지막이 보다 강화된 오러(하이 오러)를 발산하는 블레이드 나이트의 경지이다.

블레이드 나이트를 완성하고 나면 마스터의 벽이 보인다.

그 벽을 부수고 마스터의 경지에 발을 들여 놓아야 마스터 레벨에 접어들게 된다.

마스터 레벨은 말 그대로 자신만의 무술을 완성했다는 의미를 담고 있다.

마스터 레벨도 세 단계로 구분되는데 유형화된 오러(오러 블레이드)를 다루는 마스터와 보다 강화된 유형 오러(하이 오러 블레이드)를 다루는 마에스트로가 대표적이다.

마지막으로 로드의 경지가 있지만 지금껏 도달한 기사가 단 한 명도 없는, 전설 속의 경지라 일컬어지고 있다.

만일 레이샤드가 기사를 지망했다면 당연히 마스터의 경지를 꿈꿨을 것이다.

하지만 영주인 레이샤드가 굳이 마스터가 될 필요는 없었다.

물론 운이 좋아 마스터의 경지를 넘어선다면 기쁜 일이겠지만 블레이드 나이트의 경지에만 들어도 영주로서 기사들과 병사들을 이끄는 데에는 아무런 문제가 없었다.

기사들은 경지에 따라 호칭이 달라진다. 마스터 레벨의 경지는 대기사라 불린다.

그리고 블레이드 나이트에 들어선 기사를 상급 정규 기사(혹은 지휘 기사), 오러 나이트 급 기사를 정규 기사라 부르며 나머지 오러 레벨에 들어선 기사들을 수련 기사로 통칭한다.

기사들의 구분에 따르면 현재 레이샤드는 수련 기사다. 그러나 수련 기사의 수준만으로는 훗날 아베론 성을 지킬 기사들을 이끌기가 쉽지 않았다.

물론 레이샤드에게는 하르베스 소드라는 최고의 검술과 아스타로트라는 대단한 검술 스승이 있었다.

하지만 레이샤드는 자신이 너무 늦게 실전 검술에 들어섰다는 사실을 부담스럽게 여기고 있었다.

일반적으로 기사를 지망하는 이들은 일곱 살 때 즈음 검을 쥔 후 5년 정도 검술의 틀을 마련한 뒤에 골격이 완성되어 가기 시작하는 열두 살 무렵부터 실전 검술에 들어간다.

경우에 따라 다소 차이는 있겠지만 늦어도 열세 살에는 실전 검술을 익혀야 했다.

그래야 짧으면 10년, 길면 20년이 걸리는 오러 레벨을 완성시킨 뒤에 마스터 레벨을 바라볼 수가 있었다.

하지만 레이샤드는 열다섯 번째 생일이 지난 다음에야 실전 검술을 접했다.

피치 못할 사정이 있었다 하더라도 일반적인 경쟁자들에 비해 3년이나 늦은 셈이었다.

검술의 단계 진입이 늦어지면 그만큼 성장은 더딜 수밖에 없었다. 그것이 당연한 이치였다.

그러나 그 점에 대해 레이샤드의 검술 스승인 아스타로트는 그다지 심각하게 여기지 않았다.

하르베스 소드의 효용이라면 다른 최상급의 마나 소드보다 최소 2배는 빠른 성장을 보이게 될 터. 결국 그 차이가 3년이라는 시간을 보상해 줄 것이라 여겼다.

하지만 당사자인 레이샤드는 달랐다. 3년이나 뒤처졌다는 점이 신경 쓰이지 않을 수가 없었다.

그러던 차에 라인하르트로부터 마나 훈련의 효과를 높일 수 있는 마나 회복 포션을 선물 받았으니 기쁘지 않을 리가 없었다.

"보여줄 건 다 보여준 거죠?"

라인하르트의 마법 실험 결과 보고가 끝나기가 무섭게 레이샤드는 지하 연무장으로 달려갔다.

어차피 정무는 시험의 궁에서 전부 끝낸 상황이었다. 표정으로 보아 밤늦게까지 검만 휘두를 것 같았다.

"수고 많았어요, 라인하르트."

레이샤드를 대신해 엘리자베스가 라인하르트의 노고를 치하했다.

"수고라니, 당치 않으십니다."

라인하르트가 인간 마법사라도 된 듯 깊숙이 고개를 숙였다.

엘리자베스는 순간 웃음이 났다.

솔직히 그녀가 중간계로 데려온 마족들 중 가장 걱정스러웠던 건 다름 아닌 라인하르트였다.

마법적인 실력을 믿고 끌어들이긴 했지만 라인하르트가 제대로 통제가 될 수 있을지 의문이었다.

하지만 정작 마족들 중 두각을 나타내고 있는 건 다름 아닌 라인하르트였다.

마법진을 바꾸어 영지를 확장시킨 것은 물론이고 그 과정에서 흑철 광산을 찾아 아베론 영지의 새로운 수입원을 마련해 주었다.

그뿐인가. 마계 식물들의 교배종을 만들었으며 빛의 마탑과의 마찰까지 해결했다. 그리고 이번에는 교배종을 이용한 상품화까지 성공했다.

아스타로트를 비롯해 다른 마족들도 맡은 바 임무에 충실하고 있지만 라인하르트처럼 아베론 영지의 발전에 이바지하지는 못했다.

그리고 그것은 라인하르트가 가지고 있는 마법적인 능력이 아베론 영지에 꼭 필요하다는 의미나 마찬가지였다.

"이제 이 포션들을 대량 생산하는 일만 남았군요."

엘리자베스가 라인하르트를 바라봤다.

이 포션들이 대륙으로 퍼지는 순간 수많은 재화가 아베론 영지를 향해 굴러들어 올 것이다.

그러자 라인하르트가 묘한 눈빛을 보이며 웃었다.

"그전에 해야 할 일이 있습니다."

이곳이 엘리자베스의 영지였다면 대량 생산을 하는 데 아무런 걸림돌이 없었다.

하지만 이곳은 아베론 영지였다.

손님으로 머물고 있는 이상 무작정 일을 벌일 수는 없는 노릇이었다.

제17장

포션의 효과 Part 2

1

라인하르트가 만든 마법의 포션을 영지를 통해 대량 생산하기 위해서는 일단 레이샤드의 허락이 필요했다.

그리고 레이샤드가 허락하기 위해서는 아돌프를 비롯한 관리들의 기본적인 공감대가 형성되어야 했다.

아베론 영지에는 현재 한 명의 총관과 5명의 관리가 있다.

다른 영지였다면 가신들도 존재했겠지만 아베론 영지에서 가신이라 불릴 수 있는 건 총관인 아돌프밖에 없었다.

영주인 레이샤드의 허락을 구하는 건 어려운 일이 아니었다.

아베론 영지를 회생시키기 위해 부단히도 노력 중인 레이샤드에게 마법의 포션은 새로운 희망이 되어줄 수 있었다.

문제는 관리들이었다.

브론즈 남작가와 이렇다 할 관계 진전이 없는 그들이 반대하고 나선다면 마법 포션의 대량 생산 자체가 불가능해질 수 있었다.

그중에서도 총관인 아돌프는 꼼꼼한 성격의 사내였다.

게다가 브론즈 남작가로 위장한 마족들에게 의심 어린 시선을 보내고 있었다.

마법으로 정신을 제압한다거나 회유를 하지 않고서야 아돌프에게 적극적인 협조를 끌어내기란 어려워 보였다.

설사 아돌프가 허락한다 하더라도 적잖은 간섭을 하려 들게 뻔했다.

아돌프를 통할 수 없다면 나머지 다섯 명의 관리를 구워삶아야 했다.

아르메스의 조사에 따르면 요주의 인물은 두 명뿐이라고 했다.

나머지 세 명은 그나마 다루기가 쉬운 부류였다.

재정 담당 조르만의 최대 고민은 아베론 영지의 빈약한 재정 상태였다.

정해진 지원금 내에서 아베론 영지를 이끌어야 하건만 레이샤드는 영지 발전에 목을 매고 있었다. 그렇다 보니 늘 머리가 지끈거릴 수밖에 없었다.

하지만 최근 들어 조르만의 표정은 상당히 밝아져 있었다.

레이샤드의 적극적인 영지 개발로 인해 지출이 상당히 늘어난 상황이지만 예전에 비해 심적인 부담은 크지 않았다.

바로 브론즈 남작가의 지원 덕분이었다.

브론즈 남작가에서는 영지에 머무는 조건으로 금덩어리를 내놓았다.

그리고 그 금덩어리를 상단에 넘긴 대가로 1만 골드라는 거금을 챙길 수 있었다.

어디 그뿐인가.

라인하르트 덕분에 마법진이 확장되면서 영지의 권역이 늘어났다.

그 과정에서 광부들이 그토록 원했던 흑철 광산의 개발이 가능해졌다.

아베론 영지는 지난 100년간 구리광 하나로 버텨 왔다.

그것도 인구수가 빠르게 줄어들면서 폐광 시기를 최대한 늦춘 결과였다.

그런 아베론 영지에 새로운 광산, 그것도 흑철 광산은 어마어마한 재산이나 마찬가지였다.

대륙의 광물 시세에 따르면 평범한 흑철 한 덩이는 구리 덩이에 비해 100배 가까이 비쌌다.

하물며 아베론 영지의 흑철 광산은 조사 결과 최상급의 품질로 판명되었다.

이제 상단만 잘 만난다면 몇 배는 더 이득을 챙길 수 있었다.

그렇다 보니 조르만은 더 이상 지출 요청서를 두려워하지 않았다.

오히려 이제는 레이샤드가 수백 골드의 지출을 요청해도 대수롭지 않게 승낙을 하는 배짱까지 부리고 있었다.

"조르만에게 마법 포션이 돈이 된다는 사실을 슬쩍 흘린다면 분명 좋아하겠지."

라인하르트가 씩 웃으며 중얼거렸다.

영지를 부유하게 해줄 수 있다는 사실만으로도 5명의 관리 중 조르만은 이미 넘어온 것이나 마찬가지였다.

조르만에 이어 행정을 담당하는 모비드도 브론즈 남작가에 대해 적잖은 호감을 갖고 있었다.

모비드가 담당하는 영지 행정 중에는 아베론 아카데미 건립과 농경지 회생이 포함되어 있었다.

그중에서도 아베론 아카데미의 추가 재정 문제는 조르만과 끊임없이 입씨름을 해야 했던 사안이었다.

그러던 게 브론즈 남작가의 재정적인 지원 덕분에 어렵지 않게 해결이 되어버렸다.

어디 그뿐인가.

아카데미에서 학생들을 가르칠 학자를 단 한 명도 구하지 못해 얼굴을 들고 다니지 못할 지경이었는데 브론즈 남작가의 가르시아가 학장을 지원하고 나섰으니 한시름 놓게 됐다.

더욱이 가르시아는 자신이 부족한 학자들을 초청하겠다고 큰소리까지 쳐서 모비드의 어깨를 가볍게 만들어주었다.

아카데미의 건물이 완성되고 학자들이 확충될 때까지는 다소 시간이 걸리겠지만 적어도 모비드가 주도적으로 진행했던 아카데미 건립 문제가 다시 표류하는 일은 없어졌다.

그것만으로도 모비드에게는 앓던 이가 빠지는 기분일 수밖에 없었다.

그뿐만이 아니다.

라인하르트가 우연찮게 발견한 식물 덕분에 자신이 죽기 전까지는 불가능할 것이라 여겼던 농경지의 회생 대책마저 마련되었으니 요새는 목에 절로 힘이 들어가 있는 상태였다.

레이샤드가 영주가 된 이후로 농경지 회복은 아베론 영지의 숙원이나 마찬가지였다.

지금껏 수많은 영주가 불가능하다며 포기한 일이었지만 레이샤드는 아베론 영지가 살아나기 위해서는 농경지를 살려야 한다는 고집을 꺾지 않고 있었다.

그런 레이샤드의 의지에 발맞추어 모비드도 주변에 여러 차례 도움을 구해보았다.

그리고 어렵게 알아낸 결과가 바로 마법 식물의 경작이었다.

비록 실질적인 농경지 회생은 어렵겠지만 최소한 농경지를 놀리는 일만은 막자는 취지였다.

하지만 레이샤드는 마법 식물을 마음에 들어 하지 않았다.

아돌프를 포함해 다른 관리들은 전부 찬성했지만 레이샤드는 끝내 승인을 내주지 않았다.

그 문제 때문에 모비드는 마음고생이 적지 않았다.

자신이 애써 노력한 결과를 레이샤드가 몰라준다며 무척이나 서운해했다.

그런데 때마침 라인하르트가 새로운 식물들을 발견해 내면서 상황이 달라졌다.

그 식물들이 마기를 흡수한다는 소식이 전해지면서 모비드에게도 새로운 희망이 생겼다.

시범 재배 중인 영주 직영 농경지의 재배 결과를 확인해봐야 알겠지만 만에 하나 정말로 효과가 있다고 판명이 될 경우 모비드는 점차적으로 영지의 농경지 전체에 식물 재배를 확산시킬 계획까지 세우고 있었다.

당장의 이익도 중요하지만 진정한 농경지의 회생이야말로

아베론 영지에 더 큰 도움이 될 것이라는 걸 그 역시 모르지 않고 있었다.

그런 모비드에게 포션의 효과를 넌지시 일러준다면?

그리고 포션의 효과를 확인시켜 준다면?

아마 당장에라도 레이샤드에게 달려가 재배 확대를 요청할지 모른다.

"흠……. 모비드도 별문제 없겠어."

잠시 상상에 빠져 있던 라인하르트가 이내 고개를 끄덕였다.

예기치 못한 변수라는 게 없지 않겠지만 지금 상황에서 모비드가 포션 생산을 반대할 것 같지는 않았다.

상업 대신 브루스를 공략하는 것도 간단했다.

아베론 영지의 상업을 총괄하면서도 그는 아직까지 이렇다 할 성과를 내지 못하고 있었다.

능력이 부족하다기 보다는 아베론 영지의 생산성이 워낙 떨어졌기 때문이다.

그나마 그가 담당하던 게 구리 광산이었지만 폐광이 되면서 유일한 소일거리마저 사라졌다.

그런 그에게 새로운 일거리를 찾아준 게 바로 라인하르트였다.

일반적으로 규모가 큰 영지에서는 상업 담당 관리는 상행

위와 관련된 업무만을 전담했다.

기반 산업과 관련한 일은 행정 관리가 겸하거나 각 산업별 관리를 따로 두는 편이었다.

하지만 규모가 작은 아베론 영지에서는 상업 담당 브루스가 광산과 관련한 일까지 도맡고 있었다.

그 덕분에 새로운 흑철 광산 개발도 그가 전담하고 있는 상황이었다.

흑철 광산이 차근차근 개발됨에 따라 브루스도 나날이 분주해졌다.

대부분의 관리의 경우 지나치게 일거리가 많은 걸 싫어하는 경향이 많았지만 브루스는 반대였다.

오히려 가만히 책상에 앉아 있는 걸 못 견뎌하는 성격이었다.

브루스에게 새로운 광산 개발이란 말 그대로 새로운 즐거움이나 마찬가지였다.

거기에 포션 판매까지 도맡게 된다면?

아마 지금보다 더욱 열정적으로 변할 게 틀림없었다.

"브루스까지는 괜찮아. 문제는 에이작과 페터슨이야."

고민을 이어가던 라인하르트가 이내 이맛살을 찌푸렸다.

조르만과 모비드, 브루스는 아르메스가 분류한 것처럼 다루기 쉬운 관리들에 속했다.

반면 에이작과 페터슨은 생각만큼 호락호락한 인물이 아니었다.

아베론 영지의 내무를 담당하는 에이작은 영주성 내에서도 깐깐하기로 소문이 자자한 자였다.

오만한데다가 위압적이고 레이샤드가 없는 곳에서는 스스로 영주인 것처럼 행동한다는 그에게 아베론 영지의 발전을 언급해 봐야 쉽게 먹혀들 리가 없었다.

군무의 총책임자 페터슨도 마찬가지였다.

페터슨은 고지식하기로는 에이작 못지않은 사내였다.

그래서 그는 아베론 영지가 외지인들에 의해 갑작스럽게 변모하는 걸 상당히 경계하고 있었다.

만일 아돌프를 설득시킬 수 있다면 조르만과 모비드, 브루스 만으로도 포션 생산에 박차를 가할 수 있었다.

하지만 아직까지 아돌프가 껄끄러운 만큼 에이작과 페터슨을 우호적으로 만들어 둘 필요가 있어 보였다.

"일단 그들에 대한 정보가 필요해."

라인하르트는 마법 실험실을 나서 아르메스를 찾았다.

때마침 아르메스는 하녀들에게 둘러싸인 채 곤경 아닌 곤경에 빠져 있었다.

"마침 잘 오셨습니다, 라인하르트님."

아르메스는 라인하르트를 핑계로 하녀들 틈바구니 속에서

빠져나왔다.

그런 아르메스를 라인하르트가 부러운 눈으로 바라봤다.

단순이 외모만 놓고 보자면 라인하르트도 아르메스 못지않은 미남자였다.

하지만 다소 차가워 보이는 인상과 마법사라는 신분 때문에 라인하르트에게 접근하는 하녀는 단 한 명도 없었다.

"언제 시간이 되면 하녀들 꾀는 법 좀 가르쳐 줘."

라인하르트가 장난스럽게 말했다.

그러자 아르메스가 대번에 이맛살을 찌푸렸다.

"설마 그 말씀을 하시려고 오신 건 아니시죠?"

아르메스는 자신의 주변을 맴도는 여자들 때문에 골치가 아플 지경이었다.

그런 그에게 와서 여자 꾀는 방법을 알려달라는 건 놀리는 것밖에 되지 않았다.

"설마 그럴 리가 있겠어? 그건 그렇고 정보 수집은 잘되어 가?"

라인하르트가 슬며시 화제를 돌렸다. 그러자 아르메스가 표정을 바로 하며 대답했다.

"일단 아베론 성의 주요 인물들에 대한 정보 수집은 꾸준히 이루어지고 있습니다. 하지만 영지 외적으로는 아직 말씀드릴 만한 성과가 없습니다."

아르메스는 하루를 둘로 쪼개어 생활했다.

낮에는 아베론 성의 하녀들을 만나며 주요 인물들의 동태와 영지의 사정을 전해 들었다.

그리고 밤에는 영지 밖으로 나가 자신의 수족이 되어줄 정보 조직을 만드는 데 심혈을 기울이고 있었다.

"내가 딱히 도와줄 만한 일은 없어?"

라인하르트가 넌지시 물었다.

어차피 엘리자베스와 아베론 영지를 위하는 일이다. 도울 일이 있으면 돕는 게 당연했다.

"아직까지는 없습니다."

아르메스가 가볍게 고개를 흔들었다.

아베론 영지같이 좁은 곳에서 내부 정보들을 취합하는 건 혼자서도 충분한 일이었다.

또한 외부적인 일도 당장은 라인하르트에게 도움을 청할 만한 게 없었다.

지금은 조직의 틀을 갖추기에 앞서 조직에 필요한 적당한 인물들을 물색하고 있는 상황이었다.

"그런데 무슨 일로 오셨습니까?"

아르메스가 물었다.

그러자 라인하르트가 걸음을 옮기며 나직이 말했다.

"혹시 에이작과 페터슨에 대한 좋은 정보 없어?"

"좋은 정보라니요?"

"그러니까 빈틈이라거나 약점으로 붙잡고 이용해먹을 수 있는 것이라거나."

라인하르트가 자신도 모르게 마족의 본성을 드러냈다.

"빈틈이나 약점이라……."

아르메스가 머릿속으로 최근에 수집했던 정보들을 빠르게 정리했다. 그리고 그중에서 쓸 만한 정보들을 라인하르트에게 일러주었다.

"오호, 그런 일들이 있었군?"

쏟아지는 정보들 속에서 괜찮은 것을 건진 라인하르트의 표정이 밝아졌다.

그것을 잘만 이용한다면 에이작과 페터슨을 자신의 편으로 만들 수 있을 것 같았다.

2

"……."

식탁에 놓인 아침 식사를 내려다보던 에이작은 그저 할 말을 잃었다.

말라비틀어진 빵에 싸늘하게 식은 스튜 한 접시라니.

집에서 부리는 하녀의 식사와 바뀐 것은 아닌가 하는 착각이 들 정도였다.

현재 아베론 영지의 관리로서 받고 있는 에이작의 급료는 매월 5골드다.

부유한 영지에서 일하는 다른 관리들과 비교했을 때 결코 적은 금액은 아니었다.

그것은 아베론 영지의 기준에서 상당히 과한 금액이라는 의미이기도 했다.

그리고 그 5골드 중 상당수가 제법 풍요로운 생활 유지에 쓰이고 있었다.

적어도 삶의 질에서만큼은 아베론 영지의 누구에게도 뒤처지지 않을 자신이 있을 정도였다.

그렇다 보니 에이작은 눈앞의 식사들을 도저히 용납할 수가 없었다.

"페이미!"

에이작이 신경질적으로 하녀의 이름을 불렀다. 하지만 한참이 지나도록 하녀는 모습을 보이지 않았다.

몇 번이고 다시 불러봤지만 마찬가지였다.

보아 하니 누군가의 명을 받고 어딘가에 숨어 있는 게 틀림없었다.

이 집의 주인인 자신의 명을 어기면서까지 눈치를 봐야 할 그 누군가란 한 사람뿐이었다.

바로 로렐리아.

이 모든 일의 배후에는 아내인 로렐리아가 있었다.

로렐리아는 예쁜 만큼이나 변덕이 심한 여자였다.

마음에 들지 않는 일이 있으면 그만한 화풀이를 해야 직성이 풀리는 여자였다.

에이작은 그런 로렐리아의 나쁜 매력에 빠져 열렬히 따라다녔고 구애했으며 결혼에 성공했다.

하지만 그 결과는 눈앞에 보이는 것처럼 형편없는 식사였다.

옛 속담에 예쁜 부인에게 착한 성품을 바라지 말라는 말이 있었다.

외모가 예쁘면 그만큼 성격이 도드라질 수밖에 없음을 의미했다.

그 속담처럼 로렐리아는 결혼하고 나서도 달라진 게 하나도 없었다.

여전히 제멋대로 굴었다. 무엇이든 내키는 대로 했다.

그렇다 보니 에이작도 하루 종일 영주 성에서 업무를 보는 것보다 집에 돌아와 잠깐 로렐리아의 기분을 맞춰주며 사는 게 더 끔찍하게 느껴질 정도였다.

물론 에이작도 처음부터 일이 이렇게 될 것이라고는 여기지 않았다.

시간이 지나면 로렐리아의 성격도 한풀 꺾일 것이라고 여겼다.

하지만 애석하게도 그런 일은 일어나지 않았다.

오히려 심각한 문제 때문에 로렐리아는 더욱 날카롭게 변한 상태였다.

에이작이 로렐리아와 결혼해 산 지도 벌써 15년이 지났다. 슬하에는 아들과 딸이 생겼다.

자연스럽게 에이작은 아빠가 됐고 중년이 됐다.

그러나 로렐리아의 외모는 예전이나 지금이나 크게 달라지지 않았다.

나이가 들어서도 아름다운 부인과 산다는 건 큰 축복이었다.

문제는 그 성격까지 조금도 달라지지 않았다는 점이다.

어젯밤만 해도 그렇다.

로렐리아는 어제도 잊지 않고 잠자리 신호를 보냈다.

최근 들어 가중된 업무 때문에 잠자리를 통 갖지 않았던 터라 미안한 마음에 에이작은 로렐리아를 뜨겁게 안아주었다.

일도 중요했지만 그렇다고 부부간의 긴밀한 유대감을 포기할 수는 없는 노릇이었다.

문제는 그다음이다.

나름 황홀했던 시간을 보냈다고 생각했는데 로렐리아의

얼굴에는 왠지 모를 불만이 가득해 보였다.

에이작은 로렐리아에게 따로 걱정거리가 있는 것이라고 넘겨 버렸다.

하지만 그게 아니었다. 그녀의 불만은 다름 아닌 자신에게 있었다.

"설마 어젯밤에 만족을 못했단 말인가?"

에이작은 자신도 모르게 다리에 힘이 풀렸다.

다음 날 업무를 봐야 했기 때문에 전력을 다하지 못한 감은 없지 않았지만 그래도 잠자리를 갖는 그 순간만큼은 남자였다.

나이가 들었어도 여전이 고운 로렐리아에게 정열을 쏟아부었다고 해도 과언이 아니었다.

그런데 그 정도로도 만족하지 못했다니. 그야말로 중년 남성의 비애가 아닐 수 없었다.

에이작은 힘겹게 식탁 의자에 주저앉았다. 그리고 멍하니 음식들을 바라봤다.

자세히 보니 스튜 속에 검은색 버섯이 들어 있었다.

맛은 없지만 체력에 좋다고 알려져 있는 스트로 버섯이었다.

에이작은 씁쓸히 웃었다. 그리고 수저를 들어 힘겹게 스튜를 떠먹기 시작했다.

3

“후우…….”

에이작은 무거운 발걸음으로 집무실로 향했다.

그러나 아침 식탁 이 머릿속을 떠나지 않아서일까. 집무실에 앉아서도 한참 동안 일이 손에 잡히지 않았다.

잠자리를 너무 오랜만에 가진 탓일까?

그게 아니면 정말로 자신의 체력에 문제가 생긴 것일까?

중년 남자들은 하루아침에 잠자리가 부실해진다더니 그런 것일까?

이 모든 게 과중해진 업무 때문은 아닐까?

“제길! 나더러 대체 어쩌란 거야?”

에이작은 생각하면 생각할수록 열불이 났다.

다른 것을 다 떠나서 하나뿐인 부인조차 만족시키지 못했다는 사실이 남자로서 수치스러웠다.

그때였다.

똑똑.

묵직한 문소리가 방안을 울렸다. 뒤이어 집무실을 지키던 병사가 나직한 목소리로 말했다.

“에이작님, 라인하르트님께서 뵙기를 청하십니다.”

"라인하르트님이?"

에이작이 자신도 모르게 미간을 찌푸렸다.

다른 사람 같았다면 바쁘다고 돌려보냈겠지만 상대는 하필 라인하르트였다.

아베론 영지에 없어서는 안 되는 대단한 마법사였다.

"후우……."

에이작은 애써 흥분을 가라앉혔다. 그리고는 문 쪽을 향해 신경질적으로 소리쳤다.

"안으로 모셔라!"

잠시 후 라인하르트가 집무실 안으로 들어왔다.

"어서 오십시오."

에이작이 애써 아무렇지도 않은 얼굴로 라인하르트를 맞았다.

하지만 라인하르트는 에이작의 불편한 속내를 단숨에 알아챘다.

아르메스는 라인하르트에게 에이작이 최근 부인과의 잠자리 문제 때문에 고민하고 있다는 사실을 알려주었다.

최근 들어 부쩍 기력이 빠진 에이작 때문에 그의 부인인 로렐리아가 불만이 많다는 이야기였다.

재밌는 것은 부실한 잠자리에 대해 몇 번이고 눈치를 줘도 에이작은 전혀 알아채지 못하고 있다는 점이다.

그래서 로렐리아가 단단히 벼르고 있다는 소문이 하녀들 사이에서 은밀하게 나도는 상황이었다.

가볍게 고개를 끄덕이던 라인하르트가 에이작의 얼굴을 빤히 바라봤다.

내색하진 않았지만 드리운 표정을 보아하니 큰 상심에 잠겨 있었다. 보나마나 원인은 잠자리 때문일 터.

그것을 애써 감추려고 노력했지만 감히 라인하르트의 눈은 피하지 못했다.

'어젯밤에도 부인을 만족시키지 못한 모양이로군.'

라인하르트가 슬쩍 입가를 비틀었다.

그렇지 않아도 어떻게 말을 꺼내야 하나 고민하고 있었는데 생각보다 일이 잘 풀릴 것 같았다.

"간밤에 편안하셨습니까?"

라인하르트가 웃으며 안부를 건넸다. 그러자 에이작의 눈매가 살짝 일그러졌다.

라인하르트의 인사 때문에 애써 억눌렀던 감정들이 다시 치밀어 오른 것이다.

"네, 염려해 주신 덕분에 잘 잤습니다."

에이작이 자신도 모르게 빠득 이를 갈았다.

그만큼 지난밤에 나누었던 잠자리는 에이작의 가슴에 크나큰 상처로 남아 있었다.

"그런데 무슨 일로 저를 찾아오셨습니까?"

에이작이 한결 냉담해진 목소리로 물었다. 그러자 라인하르트가 가볍게 웃으며 말했다.

"에이작님의 도움이 필요해서 찾아왔습니다."

"제 도움이요?"

순간 에이작의 눈매가 굳어졌다.

그렇지 않아도 제1첨탑을 외지의 마법사에게 마법 실험실로 내준 레이샤드의 처사에 불만이 많던 차였다.

그런데 그 마법사가 부탁이라며 나타나다니. 십중팔구 마법 실험실의 지원 문제일 것이라 여겼다.

"제가 무슨 도움을 드릴 수 있을지 모르겠습니다."

에이작이 슬쩍 발을 뺐다.

브론즈 남작가와 관련해서는 별로 얽히고 싶지 않은 게 그의 진심이었다.

에이작은 브론즈 남작가가 언제고 제국으로 돌아갈 것이라고 여겼다.

브론즈 남작가가 아베론 영지를 돕는 것도 일시적인 호기심에서 비롯된 일일 것이라고 받아들였다.

아베론 영지의 실체를 알고 절망하다 보면 더 빨리 아베론 영지를 떠나게 될 것이라 확신하고 있었다.

한 번 고집을 부리는 에이작은 아돌프 만큼이나 설득하기 어려운 상대였다.

아돌프는 물론이고 레이샤드가 와서 설득한다 하더라도 좀처럼 먹혀들지 않았다.

그러나 라인하르트에게는 에이작의 마음을 단숨에 돌릴 비책이 있었다.

"이것 좀 봐 주시겠습니까?"

라인하르트가 품속에서 보라색 포션 하나를 꺼내들었다. 자연스럽게 에이작의 시선이 보라색 포션을 향했다.

"이게 무엇입니까?"

에이작이 시큰둥한 얼굴로 물었다.

그러자 라인하르트가 슬쩍 주변을 살피더니 나직한 목소리로 중얼거렸다.

"이게 실은 흥분제입니다."

"……예?"

"그게 영주 직영지에 심은 식물들을 가지고 이런저런 실험을 하던 도중에 만들어진 것인데 마땅히 실험을 도와줄 대상이 없어서 에이작님을 찾아왔습니다."

라인하르트가 간략하게 상황을 설명했다. 그러면서 은근한 눈으로 에이작을 바라보았다.

에이작은 마른침을 꿀꺽 삼켰다. 건강한 사내라 하더라도 귀가 번뜩이는 게 바로 흥분제다.

하물며 에이작에게는 거부할 수 없는 유혹이나 마찬가지였다.

홍분제가 무엇인가.

홍분제를 마신 상대의 성적인 홍분을 유발시키는 비약이 아니던가.

늙어 기력이 다했다던 제국의 황제도 젊은 황비들을 만족시키기 위해 홍분제를 사용한다고 했다.

대륙 어느 나라의 왕은 보다 큰 쾌락을 느끼기 위해 여자를 취할 때마다 홍분제를 마시는 것으로 알려져 있었다.

비록 겉으로 내보이기에는 껄끄러운 것이긴 해도 홍분제는 남녀 간의 황홀한 애정 행각을 위한 촉매나 마찬가지였다.

그러나 애석하게도 수요가 적은 탓에 아베론 영지에서는 거의 유통이 되지 않고 있었다.

오늘 아침만 해도 하녀나 먹을 만한 식사를 마치고 집을 나서면서 에이작은 자신도 모르게 홍분제를 떠올렸다.

홍분제를 손에 넣을 수만 있다면 실추됐던 남편의 권위를 되찾아올 수 있지 않을까 생각했다.

하지만 이내 그 생각을 접었다.

홍분제는 구하기도 어려울 뿐만 아니라 값도 비쌌다.

게다가 아직은 홍분제에 의존할 나이는 아니라는 생각이 들었다.

그런데…… 공교롭게도 바로 눈앞에 홍분제가 나타났다.

눈이 욕심을 만든다는 말이 있다.

홍분제를 보지 못했다면 모르겠지만 인간이다 보니 본 순간 욕심이 동할 수밖에 없었다.

에이작은 순간 위험한 상상에 빠졌다.

아내 로렐리아에게 홍분제를 먹인다면 특별히 무리하지 않더라도 그녀를 충분히 만족시켜 줄 수 있을 것 같았다.

"그런데…… 이걸 왜 제게……?"

에이작이 한결 뜨거워진 눈으로 라인하르트를 바라봤다.

라인하르트는 분명 실험을 도와줄 사람이 필요하다며 홍분제를 내놓았다.

그렇다는 건 자신더러 실험을 도와달라는 뜻이나 마찬가지였다.

마음 같아서는 당장에라도 홍분제를 집어 들고 싶었다.

하지만 아베론 영지의 내무를 담당하는 관리라는 체면상 선불리 속내를 드러낼 수가 없었다.

게다가 어쩌면 홍분제가 미완성인지도 모를 일이었다.

미완성의 홍분제를 잘못 사용했다가 부작용이라도 일어난다면 큰일이 아닐 수 없었다.

그런 에이작의 속마음을 읽은 듯 라인하르트가 가볍게 웃어 보였다.

"약효는 크게 걱정하실 필요는 없습니다. 아직 흥분의 강도를 조절 중이긴 하지만 완성된 것이나 다를 바 없습니다."

"그렇…… 습니까?"

"네, 실은 완성되면 가장 먼저 영주님께 드릴 생각이었습니다만 생각해 보니 영주님께서는 아직 혼례를 치르지 않으셨더군요. 게다가 잠자리 시중을 드는 하녀도 없는 것 같고요. 흥분제라는 게 아무래도 경험 많은 어른들에게 도움이 될 듯하여 고민 끝에 에이작님께 가져왔습니다. 소문에 워낙 아름다우신 부인과 금슬이 좋다고 하셔서요."

라인하르트가 슬쩍 에이작을 띄워주었다.

사내치고 부인이 아름답다는 이야기를 싫어하는 자는 없었다.

아니나 다를까.

"흠, 흠. 말씀하신 것처럼 저희 내외가 금슬이 좋기는 하지요."

에이작의 눈매에 얽혀 있던 의심이 금세 사라졌다.

"네, 그래서 실례를 무릅쓰고 에이작님께 흥분제를 가져왔습니다. 가급적이면 금슬이 좋은 부부에게 실험을 해보는 게 괜찮겠다고 판단했거든요."

"그러셨군요."

"가끔 흥분제를 못된 일에 쓰려는 사내들이 없지 않아서 고민이지만 이 흥분제라는 게 잘만 사용한다면 부부 관계를 더욱 좋게 만들어주는 기적의 약이나 마찬가지 아니겠습니까? 그러니 다소 민망하시더라도 한 번 사용해 주십시오. 그리고 흥분의 정도가 어느 정도인지 알려주시기만 한다면 마법 실험에 큰 도움이 될 것 같습니다."

라인하르트가 그럴듯한 말로 에이작을 꾀었다. 그리고 에이작은 그 꾐에 홀라당 넘어가 버렸다.

"그렇게까지 말씀하신다면 제가 도와드려야지요."

에이작은 라인하르트가 내놓은 보라색 포션을 단숨에 움켜잡았다. 그리고는 자신의 주머니 안에 집어넣었다.

"그럼 잘 부탁드리겠습니다."

라인하르트가 피식 웃으며 자리에서 일어났다.

그렇게 에이작은 라인하르트가 쳐 놓은 그물에 걸려들고 말았다.

제18장

포션의 효과 Part 3

1

라인하르트가 집무실을 나선 이후에도 에이작은 좀처럼 정신을 차리지 못했다.

일을 해야 하는데 일이 손에 잡히지 않았다. 조금 전과는 다른 이유 때문이었다.

"그러니까…… 마법 실험이 끝났다 이 말이지? 영주님을 주려 했다가 내게 가져왔다는 건 부작용도 없다는 의미일 테고."

보라색 포션을 꼭 움켜쥔 채로 에이작이 무언가에 홀린 사람처럼 중얼거렸다.

에이작은 당장에라도 집으로 달려가고 싶은 심정이었다. 그래서 흥분제를 통해 실추된 자신의 자존심을 되찾고 싶었다.

하지만 아베론 영지는 영지라 부르기에 우스울 만큼 좁은 곳이다.

관리가 일도 팽개치고 부인과 대낮부터 잠자리를 가졌다간 대번에 소문이 파다하게 퍼질 게 분명했다.

"참자. 참아."

에이작은 쿵쾅거리는 심장을 억누르며 힘겹게 업무를 살펴 나갔다.

글자들이 눈에 들어오지 않았지만 그렇게라도 맡은 바 소임을 다하려 애썼다.

그렇게 시간은 느릿하게 흘렀다.

중천에 떴던 해가 서쪽으로 기울어졌다. 다른 영지보다 밤이 어두운 아베론 영지가 금세 어둑하게 변해 버렸다.

"이쯤 하면 됐겠지."

창밖을 살피던 에이작은 서둘러 자리에서 일어났다. 평소보다 이른 시간이었지만 더 이상은 무리였다.

"서두르게."

에이작은 곧바로 아베론 성을 빠져나간 뒤에 마차에 올라탔다.

"알겠습니다."

마부는 에이작에게 무슨 일이라도 생긴 줄 알고 부지런히 채찍을 휘둘렀다.

"로렐리아!"

집에 도착하기가 무섭게 에이작은 아내 로렐리아부터 찾았다. 그러나 정작 로렐리아는 썩 달가운 표정이 아니었다.

"오늘은 일찍 왔네요."

거실 소파에 앉아 손톱 관리를 하고 있던 로렐리아가 퉁명스럽게 주절거렸다. 보아하니 아직까지도 화가 풀리지 않은 듯했다.

'흥! 두고 보라지. 내 오늘 밤을 결코 잊지 못하게 만들어 줄 테니까.'

에이작은 속으로 빠득 이를 갈았다.

그리고는 욕실에 들어가 몸을 깨끗하게 씻은 뒤에 아끼던 과일주를 한 병 땄다.

또르르르.

보랏빛 과일주가 투명한 잔을 가득 채웠다.

에이작은 슬쩍 로렐리아의 눈치를 살핀 뒤에 그녀의 술잔에 보라색 포션을 반쯤 쏟아부었다.

이상한 반응이 일어나면 어쩌나 걱정했지만 다행히도 과일주는 조금도 달라지지 않았다.

"웬 과일주예요?"

에이작의 속내를 눈치챈 로렐리아가 곱게 눈을 흘겼다. 에이작은 대답 대신 술잔을 내밀었다.

과일주의 그윽한 향 때문인지 로렐리아는 거부하지 않고 술잔을 받아 들었다.

"요새 내가 당신에게 조금 소홀했지? 그동안 당신에게 너무 미안한 것 같아서 오늘은 특별히 봉사를 하려고."

에이작이 평소에 잘하지도 않던 말을 주절거리며 분위기를 잡았다.

그러자 뾰루퉁해 있던 로렐리아의 표정이 언제 그랬냐는 듯 매혹적으로 변했다.

"어머, 정말요?"

묘한 눈으로 에이작을 바라보던 로렐리아가 천천히 과일주를 들이켰다.

그 모습을 끝까지 지켜본 뒤에 에이작은 로렐리아를 이끌고 침실로 들어갔다.

"오늘은 좀 이상한 것 같아요."

오늘따라 박력이 넘치는 에이작의 모습에 로렐리아가 싫지 않은 듯 웃음을 흘렸다.

하지만 이상한 것은 에이작만이 아니었다. 고작 과일주 한 잔 마셨을 뿐인데 로렐리아도 온몸이 금세 뜨거워졌다.

"로렐리아!"

로렐리아의 얼굴이 발그레하게 변하자 에이작은 재빨리 그녀를 끌어안았다. 그리고 전날 못다 했던 몫까지 뜨겁게 사랑을 퍼부었다.

"아아, 에이작~"

로렐리아의 입에서 절로 교성이 흘러나왔다.

그리고 그날, 로렐리아는 태어나 처음으로 가장 황홀한 밤을 맞이했다.

다음 날 아침.

"에이작, 어서 일어나세요."

에이작은 달콤한 로렐리아의 목소리에 눈을 떴다.

"씻고 오세요. 식사 준비해 놓았어요."

에이작은 로렐리아가 시키는 대로 욕실로 들어갔다. 욕실에는 적당히 덥혀진 물이 준비가 되어 있었다.

깨끗하게 얼굴을 씻은 뒤 에이작은 식탁으로 향했다.

그리고는 믿기 어렵다는 얼굴로 한참 동안 눈을 끔뻑였다. 놀랍게도 식탁 위로 그동안 단 한 번도 보지 못했던 진수성찬이 한가득 펼쳐져 있었다.

"오늘 누구 생일이야?"

에이작이 한참 만에 자리에 앉으며 물었다. 그러자 로렐리아가 대답 대신 얼굴을 붉혔다.

에이작은 그제야 이 모든 게 지난밤 덕분이라는 사실을 알아챘다.

"식기 전에 먹자고."

에이작이 당당하게 스푼을 들었다.

코앞에서 고기가 잔뜩 들어간 스튜가 뜨거운 김을 뿜어대며 그를 반갑게 맞이하고 있었다.

2

아베론 성에 들어온 에이작은 곧장 라인하르트를 찾았다. 자신감을 찾게 된 보답으로 흥분제에 대한 효과를 알려주기 위함이었다.

"어서 오십시오, 에이작님. 그렇지 않아도 기다리고 있었습니다."

마법 실험을 하고 있던 라인하르트가 웃으며 에이작을 반겼다.

공교롭게도 그의 책상 위에는 보라색 포션 열 병이 가지런히 놓여 있었다.

"혹시 포션은 사용해 보셨습니까?"

라인하르트가 조심스러운 태도로 물었다.

포션의 사용 여부는 즉, 잠자리의 유무로 이어진다. 피차

성인이라 하더라도 말을 꺼내는 게 조심스러울 수밖에 없었다.

하지만 지난밤에 아내인 로렐리아를 만족시켰다는 자신감 때문일까. 에이작은 별다른 거부감없이 크게 고개를 끄덕였다.

"효과가 정말 좋았습니다."

"그렇습니까?"

"아내도 상당히 만족해하는 것 같았고요."

"그렇다면 다행입니다."

라인하르트와 대화를 나누면서도 에이작의 시선은 자꾸 책상 위에 놓인 보라색 포션으로 향해 있었다.

앞으로의 원만한 부부 관계를 위해선 보라색 포션이 필요하다는 사실을 몸이 먼저 인식해 버린 것이다.

그런 에이작의 속마음을 라인하르트도 모르지 않았다. 하지만 더 이상의 공짜는 없었다. 보라색 포션을 받고 싶다면 그에 따른 대가를 치러야 했다.

"효과를 보셨다니 다행입니다. 참, 그리고 미처 말씀드리지 못했는데 어제 드렸던 포션은 대략 10회 분입니다. 한 번에 두어 방울 정도 타서 쓰시는 게 적정량입니다."

"그렇…… 습니까?"

순간 에이작의 표정이 딱딱하게 굳어졌다.

어제 지나치게 흥분한 나머지 포션을 절반이나 들이부은 사실이 떠오른 것이다.

라인하르트의 말대로라면 이제 남은 흥분제는 5회분뿐이었다.

오래 아껴 쓴다면 한 달쯤 버티겠지만 어제 그토록 큰 쾌락을 느꼈던 로렐리아가 잠자리를 미뤄줄 것 같지 않았다.

결국 5일 후 부터는 새로운 흥분제가 필요한 상황이었다. 그리고 그 흥분제가 바로 라인하르트의 책상 위에 놓여 있었다.

"참, 실험은 잘되고 계십니까? 제가 따로 도와드릴 일은 없겠습니까?"

에이작이 한결 비굴해진 얼굴로 먼저 말을 꺼냈다.

표정을 보아하니 흥분제를 얻을 수만 있다면 무엇이든 다 할 것처럼 보였다.

"그렇지 않아도 부탁드릴 일이 있었습니다."

라인하르트가 웃으며 장단을 맞춰주었다. 그렇게 에이작이라는 고집스런 나무가 넘어가 버렸다.

3

이른 아침.

잠에서 깬 페터슨이 가장 먼저 한 일은 옆에 잠들어 있는 아내의 이마에 입을 맞추는 게 아니었다.

바로 침대에서 벗어나 건넛방으로 건너가는 것이었다.

건넛방에는 일흔을 바라보는 어머니, 베스가 머무르고 있었다.

"어머니, 좋은 아침이에요."

페터슨이 베스의 손을 잡으며 속삭이듯 말했다. 그 소리를 들은 것일까. 베스가 슬며시 눈을 떴다.

"잘 잤니."

베스가 메마른 미소로 페터슨을 반겼다. 하지만 그녀의 미소 너머에 드리운 것은 죽음의 그림자였다.

"저는 잘 잤어요. 어머니는 어떠세요?"

"나도 편히 잘 잤단다."

"그래도 혹시 불편하신 데 있으면 말씀하세요."

"난 괜찮대도."

베스는 애써 아무렇지도 않은 척했다.

벌써 5년째 병석에 누워 있는 그녀로서는 더 이상 페터슨에게 부담을 안겨주고 싶지가 않았다.

하지만 페터슨은 어머니의 몸 상태를 누구보다 잘 알고 있었다.

베스는 죽음의 병에 걸려 있었다. 정확한 명칭은 아니지만 마기에 중독이 되어 시름시름 앓게 되는 걸 아베론 영지에서는 죽음의 병이라고 했다.

아베론 영지에서 죽음의 병에 걸린 사람은 비단 베스뿐만이 아니었다. 레이샤드의 어머니인 헬레나도 이 죽음의 병에 걸려 있었다.

3년 전 대지의 신관들이 조사한 바에 따르면 영지민의 10퍼센트가 죽음의 병에 걸려 있다고 했다.

게다가 아베론 영지에 거하는 모든 영지민이 죽음의 병에 걸릴 가능성을 가지고 있다고 했다.

그러나 페터슨은 베스를 죽음의 병에 걸리게 한 아베론 영지를 원망하지 않았다.

죽음의 병이란 아베론 영지민들에게는 숙명과 같은 것이었다.

페터슨은 그저 운이 나빠서 노약해진 어머니에게 죽음의 병이 찾아왔다고만 여겼다.

그보다는 죽음의 병에 특효약이 없다는 사실을 안타까워했다.

죽음의 병이란 온몸이 서서히 약해지면서 마비가 오는 병이다. 그러다 호흡이 곤란해지고 사망으로 이어지곤 했다.

그런데 죽음의 병의 증세는 노환과 상당히 비슷했다. 나이가 들면 누구나 유약해지게 마련이다.

그러다 보면 몸에 이상이 생기고 숨 쉬기도 어렵게 된다. 그렇다 보니 다들 죽음의 병에 걸리면 죽을 때가 되었다고 체념하는 편이었다.

베스도 마찬가지였다.

죽음의 병이 찾아왔으니 머잖아 죽게 될 것이라고 여기고 있었다.

지금껏 수많은 영지민이 죽음의 병을 친구 삼아 세상을 떴다. 자신의 처지도 다르지 않을 터. 다른 이들처럼 자신도 애써 덤덤해지려고 노력했다.

그러나 페터슨은 이대로 베스를 보낼 수가 없었다. 그래서 대지의 신관에게 부탁해 고가의 성수를 구했다.

그것으로는 완치가 어렵다는 사실을 잘 알고 있지만 헬레나 또한 성수로 연명하고 있으니 베스에게도 도움이 될 것이라고 여긴 것이다.

그런 페터슨의 노력 덕분에 베스는 무려 5년 동안이나 죽음의 병으로부터 버틸 수 있었다.

하지만 그뿐이었다. 값비싼 성수를 마셔도 병의 차도는 보이지 않았다.

그래도 페터슨은 절망하거나 좌절하지 않았다.

그는 자신이 할 수 있는 최선을 다해 베스의 죽음을 늦추고 싶었다. 그것이야말로 자신이 할 수 있는 유일한 효도라고 여졌다.

하지만 베스의 입장은 달랐다.

어차피 나을 수 없다는 걸 알면서도 값비싼 성수를 복용한다는 게 페터슨에게 그저 미안하기만 했다.

베스는 몇 번이고 자신을 놓아 달라고 페터슨에게 부탁하려 했다.

그만하면 자식으로서 충분히 도리를 다했다고 말하려 했다.

그러나 정작 페터슨의 효심 지극한 얼굴을 보고 있자면 차마 입이 떨어지지 않았다.

지난 1년간 고심하고 또 고심하던 베스는 결국 다른 방법을 선택했다.

바로 성수를 없애는 것.

베스는 어제 집안을 뛰놀던 손자와 손녀를 불러들였다. 그리고 그들에게 선물을 주겠다며 페터슨이 숨겨 두었던 성수를 꺼내게 했다.

페터슨은 신관으로부터 구한 성수를 베스의 방에 있는 찬장 안에 숨겨 두었다. 만에 하나 베스에게 무슨 일이 생길 때를 대비하기 위해서였다.

손자와 손녀는 어렵지 않게 성수를 찾아냈다. 베스는 손자와 손녀에게 남은 성수를 전부 마시라고 했다.

손자와 손녀는 몸에 좋은 것이라는 말에 남아 있던 성수를 전부 나눠 마셨다. 그리고 그 사실을 페터슨은 꿈에도 생각지 못하고 있었다.

"어머니, 잠시만요."

잠시 베스의 말벗이 되어주었던 페터슨이 자리에서 일어나 찬장 쪽으로 갔다. 그리고 성수 병을 넣어두었던 서랍을 열었다.

한 달에 받는 5골드라는 급료 중 성수를 사는 데 지출하는 돈이 무려 4골드였다.

하지만 그것만으로도 하급 성수 2병밖에 살 수 없었다. 하급 성수 대신 최하급 성수를 산다면 4병까지 살 수 있겠지만 그건 너무 효과가 없을 것 같았다.

페터슨은 서랍 안에서 손에 집히는 병을 하나 꺼냈다. 그런데…… 병이 텅 비어 있었다.

"뭐지? 벌써 한 병을 다 비웠던가?"

잠시 고개를 갸웃거리던 페터슨이 다른 병도 마저 꺼냈다. 급료를 받은 지 보름도 지나지 않은 상황이었다. 그렇다면 다른 병은 가득 채워져 있어야 옳았다.

하지만 두 번째 병도 비워져 있긴 마찬가지였다. 그제야 페터슨은 뭔가 일이 잘못되었다는 사실을 깨달았다.

그때였다.

"얘야. 그 성수, 내가 없앴단다."

베스가 나직한 목소리로 모든 것을 털어놓았다.

"어, 어머니!"

당황한 페터슨이 베스를 바라봤다. 하지만 차마 어찌 된 영문이냐고 따져 묻지 못했다. 미안함과 눈물이 가득한 베스의 시선 때문이었다.

페터슨은 그제야 베스의 속마음을 읽을 수 있었다.

그리고…… 치미는 감정을 참지 못하고 베스의 방을 뛰쳐나갔다.

"여보, 왜 그래요? 어머니께 무슨 일 있어요?"

뒤늦게 잠에서 깬 아내 모레안이 놀란 얼굴로 물었다.

"그런 거 아니야!"

페터슨은 입술을 질근 깨물었다. 그리고는 곧장 화장실로 들어가 샤워를 한 뒤에 주섬주섬 옷을 주워 입기 시작했다.

"벌써 출근하시게요? 식사부터 하셔야죠."

모레안이 페터슨을 말렸다. 간밤에 끓여놓은 스튜가 있으니 조금만 여유를 주면 아침을 준비할 수 있었다.

하지만 페터슨은 그대로 집을 나가 버렸다.

어머니가 죽음을 각오하고 있는데 자식이 밥을 먹을 수는 없는 노릇이었다.

아베론 성에 들어간 페터슨은 곧장 조르만을 찾았다.

재정을 담당하는 그에게 다음 달 급료를 가불해 볼 생각이었다.

하지만 평소보다 이른 출근이라서일까.

조르만은 좀처럼 나타나질 않았다.

"제길, 왜 이렇게 안 오는 거야?"

초조한 마음을 감추지 못하고 페터슨이 발만 동동 굴러댔다.

그때였다.

"페터슨님 아니십니까?"

라인하르트가 불쑥 모습을 드러냈다.

"아, 라인하르트님."

경황이 없는 와중에도 페터슨은 라인하르트를 알아보았다. 아베론 성에 머무는 이들 중에 라인하르트처럼 로브를 뒤집어쓰고 다니는 이는 단 한 명뿐이었다.

"조르만님을 찾아오신 것 같은데 아직 안 오신 모양이로군요. 혹시 무슨 일이라도 있으십니까?"

라인하르트가 마치 모든 상황을 짐작한다는 듯한 얼굴로 페터슨을 바라봤다.

"그게…… 실은 돈이 좀 필요해서요."

잠시 망설이던 페터슨이 어렵게 말을 꺼냈다. 마법사인 라인하르트라면 어느 정도 돈을 융통해 줄 수 있지 않을까 하는 기대심 때문이었다.

"돈이 필요하신 것이로군요. 그렇다면 제가 도와드릴 수도 있을 것 같습니다만."

페터슨의 예상처럼 라인하르트가 슬쩍 미소를 보였다.

순간 페터슨의 얼굴이 환해졌다.

솔직히 조르만을 보더라도 돈 이야기를 꺼내기가 민망했는데 라인하르트라면 조금 더 편히 부탁을 할 수 있을 것 같았다.

하지만 라인하르트가 도와주려는 건 금전적인 지원이 아니었다.

"일단 제 실험실로 가시겠습니까?"

라인하르트가 정중히 청했다.

"물론입니다."

페터슨으로서는 거절할 이유가 없었다.

라인하르트와 페터슨은 제1첨탑에 위치한 마법 실험실로 향했다.

"여기가 라인하르트님의 실험실이로군요."

마법사의 실험실은 처음 보는 듯 페터슨이 놀라움을 감추지 못했다.

하지만 실제 라인하르트의 마법 실험실은 대마법사는 물론이고 고위 마법사의 실험실에 비해 초라한 정도였다.

"누추하지만 안쪽으로 들어오십시오."

라인하르트가 페터슨에게 자리를 안내했다. 그리고는 따뜻하게 덥힌 마나수를 한 잔 내밀었다.

무미건조한 마나수이지만 마나의 힘이 담겨 있기 때문에 기운을 보충하고 마음을 편하게 만드는 데 그만이었다.

"감사합니다."

마침 목이 탔던 페터슨이 그 자리에서 마나수를 들이켰다. 그리고는 한결 편해진 얼굴로 라인하르트를 바라보았다.

"자, 그럼 사정 좀 들어볼까요?"

라인하르트는 일부러 페터슨의 속사정을 유도했다. 페터슨도 딱히 망설이는 기색없이 병약한 어머니에 대한 이야기를 전해 주었다.

"이런, 그래서 성수를 구입하시기 위해 돈이 필요하신 것이로군요."

라인하르트가 이해한다는 듯 고개를 끄덕였다. 하지만 측은해하는 것 같은 그의 눈빛은 왠지 모를 짓궂음이 가득 담겨 있었다.

"그래서 부탁드립니다. 다음 달 급료가 나오면 갚을 테니 2골드만 융통해 주십시오."

페터슨은 2골드로 하급 성수를 구입해 다음 달 급료가 나올 때까지 어머니를 봉양할 생각이었다. 당장 머릿속에 떠오르는 건 그 방법밖에 없었다.

하지만 라인하르트는 그것이 최선의 방법이 아님을 잘 알고 있었다.

"2골드쯤은 얼마든지 빌려드릴 수 있습니다. 하지만 그다음 달은 어찌하시겠습니까? 제게 돈을 갚으면 다음 번 성수를 구입하실 돈이 부족하실 텐데요. 그때 다시 돈을 빌리실 생각이십니까?"

라인하르트의 말에 페터슨은 이내 고개를 떨어뜨렸다. 라인하르트의 지적은 정확했다.

급료가 오르거나 성수 가격이 떨어지지 않는 이상 매달 2골드가 부족할 수밖에 없었다.

그렇다고 생활비를 줄일 수는 없는 노릇이었다.

자신과 아내뿐이라면 허리띠를 졸라매 보겠지만 아이들과 어머니는 최소한의 영양소를 섭취해야 하는 상황이었다.

게다가 5명의 식구가 생활하는 데 1골드는 결코 넉넉한 금액이 아니었다.

"후우……."

페터슨의 입에서 절로 한숨이 흘러나왔다. 결국 악순환의 연속이었다. 이런 식으로는 근본적인 문제가 해결되지 않았다.

"그럼 제가 어찌하면 좋겠습니까?"

답답한 나머지 페터슨이 라인하르트에게 조언을 구했다. 그래도 명색이 마법사라면 무언가 답을 줄 수 있을 것이라 여겼다.

그러자 라인하르트가 기다렸다는 듯이 눈을 빛냈다.

"영주님의 농경지에 식물을 심은 걸 기억하십니까?"

라인하르트가 슬쩍 화제를 돌렸다. 그러자 페터슨이 묵묵히 고개를 끄덕였다.

"영주님의 농경지에 심은 식물은 세 종류랍니다. 하나같이 마기를 흡수해 양분으로 삼는 식물들이지요. 대지에 스며든 마기만 사라진다고 해도 아베론 영지에는 큰 도움이 될 거랍니다. 100년 만에 다시 농사를 짓게 될 지도 모르고요."

"그렇군요."

"아마 세 식물이 마나를 흡수한다는 사실이 입증되면 아베론 영지 전체에 재배가 이루어지겠지요. 그래서 한 번 연구를 해봤습니다. 재배된 식물들을 다른 용도로 사용할 수 있을지 말입니다. 그러던 중에 몇 가지 괜찮은 사실들을 알아냈는데 말입니다……."

라인하르트가 갑자기 말끝을 흘렸다.

자연스럽게 페터슨의 시선이 라인하르트에게 향했다. 그러자 라인하르트가 얄밉게 입가를 비틀어 올렸다.

"아직 조금 연구를 해봐야겠지만 체내에 축적된 마기를 중화시키는 것도 가능할 것 같습니다."

"……!"

순간 페터슨의 눈이 번쩍 뜨였다. 몸속에 축적된 마기를 중화시킨다는 건 죽음의 병을 치료할 수 있다는 말이나 마찬가지였다.

"그, 그것이 정말입니까?"

페터슨이 다급히 라인하르트의 팔을 붙잡았다. 그리고는 간곡한 얼굴로 라인하르트를 바라봤다.

라인하르트가 말한 그 비약만 얻을 수만 있다면 무엇이든 다 할 수 있다는 표정이었다.

"솔직히 말씀드리자면 몇 년째 병석에 누워 계시는 헬레나님을 위해 만든 포션입니다. 그래서 그전에 효과를 확인해 볼 필요가 있어서 적당한 대상을 찾고 있었습니다만 페터슨님께서 원하신다면 조금 나눠드릴 수 있을 것 같습니다."

라인하르트가 넌지시 말했다. 그러자 페터슨이 힘차게 고개를 끄덕였다.

2골드나 되는 거금을 주고도 살 수 있는 건 하급 성수뿐이다.

하지만 그 하급 성수로는 병의 악화를 막을 뿐 근본적인 치료가 불가능했다.

어머니 베스가 자신 몰래 성수를 없앤 것도 바로 그 이유 때문이었다. 하지만 라인하르트가 만들었다는 치료 포션이라면 이야기가 달라진다.

몸속의 마기를 중화시킨다면 죽음의 병을 완벽하게 낫게 할 수도 있었다.

게다가 다른 사람도 아니고 영주의 모친인 헬레나를 위해 만든 약이라고 한다. 그렇다면 반드시 효과가 있을 것이라 여겼다.

"제발 제게 약을 나눠 주십시오. 이렇게 부탁드립니다. 라인하르트님."

페터슨이 자리에서 일어나 라인하르트 앞에 넙죽 엎드렸다. 그만큼 그는 절박했다.

지금 상황에서 라인하르트가 만든 포션만이 유일한 희망이나 마찬가지였다.

그리고 라인하르트는 그런 페터슨의 절박함을 십분 이용했다.

"그렇게까지 말씀하신다니 드려야지요. 여기 있습니다. 대신 어머니께서 차도를 보이시면 제게 바로 알려주시기 바랍니다."

라인하르트가 노란색 포션 하나를 페터슨에게 내밀었다. 그것은 브리츠 재배종과 알로아 재배종의 뿌리를 달여 만든 물약이었다.

"감사합니다. 정말 감사합니다."

포션을 품에 안을 채 페터슨이 몇 번이고 고개를 숙였다. 그런 페터슨을 바라보며 라인하르트가 만족스러운 듯 웃음을 흘렸다.

4

페터슨은 업무가 끝나는 대로 집으로 달려갔다. 그리고 부쩍 쇠약해진 베스에게 라인하르트가 만들어 준 포션을 먹였다.

"어머니, 영지에 오신 대단한 마법사님께서 만드신 포션이에요. 한 번 드셔보세요."

베스도 성수가 아니라는 말에 거부하지 않고 포션을 들이켰다.

하지만 큰 기대는 하지 않았다. 신관조차 고치지 못하는 죽음의 병을 마법사가 고칠 수 있을 것이라고는 애당초 기대도 하지 않았다.

그런데……! 포션을 몇 모금 넘기기가 무섭게 무겁기만 했던 몸이 가벼워지기 시작했다.

"……!"

베스가 놀란 눈으로 페터슨을 바라봤다.

페터슨도 눈에 띄게 안색이 좋아진 어머니 베스의 모습에 경악을 금치 못했다.

"어머니, 좀 어떠세요?"

페터슨이 떨리는 목소리로 물었다.

"몸이 많이 편하구나. 정말로 효과가 있는 것 같아."

베스가 활짝 웃었다.

실로 오랜만에 보는 그녀의 건강한 미소에 페터슨은 눈물이 왈칵 터져 나왔다.

"이제 됐습니다, 어머니. 이 포션만 있으면 죽음의 병을 고칠 수 있습니다!"

페터슨이 울먹이며 베스의 손을 잡았다. 베스도 이번만큼은 아들의 바람을 외면하지 않았다.

단순히 죽지 않고 버티는 게 아니었다.

어쩌면 정말로 죽음의 병을 이겨내고 자리에서 일어나게 될지 몰랐다.

"어머니, 조금만 기다리세요. 제가 무슨 수를 써서라도 어머니를 꼭 치료해 드리겠습니다!"

페터슨은 이를 악물었다. 지금껏 성수에만 의존했던 건 효심이 부족해서가 아니었다. 완전한 치료법이 없었기 때문이다.

하지만 치료제가 개발된 만큼 더는 손 놓고 지켜볼 이유가 없었다. 무슨 수를 써서라도 어머니를 완치시킬 생각이었다.

페터슨은 날이 밝기가 무섭게 곧장 라인하르트를 찾아갔다. 그리고 간밤에 있었던 일들을 소상히 말했다.

"역시 효과가 있었군요. 잘됐습니다. 포션을 꾸준히 복용한다면 분명 병을 떨쳐낼 수 있을 겁니다."

라인하르트가 웃으며 노란색 포션을 몇 병 더 페터슨에게 건네주었다. 그러나 페터슨은 그것을 무작정 받을 수가 없었다.

라인하르트가 보인 건 분명한 호의였다.

오랫동안 함께 얼굴을 부딪치며 살아왔던 아베론 영지의 관리도 아니고 영지에 손님으로 와 있는 마법사가 자신을 위해 아껴둔 포션을 내놓았다.

덕분에 베스의 상태가 확실히 호전되었다.

그것으로도 모자라 라인하르트는 몇 병 더 치료 포션을 내주었다.

표정을 보아하니 원하면 얼마든지 포션을 나눠줄 것 같았다.

만일 예의도, 염치도 모르는 자였다면 냉큼 포션부터 챙겼을 것이다.

하지만 페터슨은 달랐다.

그는 효심이 지극한 만큼 레이샤드에 대한 충성심도 깊은 자였다. 또한 예의와 염치를 잘 아는 자였다.

"이 은혜를 어찌 갚아야 할지 모르겠습니다."

페터슨이 라인하르트를 바라보며 말했다.

할 수만 있다면 라인하르트의 하인이라도 되고 싶은 게 솔직한 심정이었다.

그러자 라인하르트가 가볍게 웃으며 말했다.

"훗날 절 도와주실 일이 있을 때 그때 도움을 주시면 되는 것이지요."

라인하르트가 페터슨의 손에 포션을 들려 주었다. 그리고 필요하다면 언제든지 말하라며 덧붙였다.

"감사합니다. 이 은혜, 결코 잊지 않겠습니다."

페터슨이 라인하르트에게 깊숙이 고개를 숙였다.

그렇게 효심 지극한 페터슨도 라인하르트의 편에 서게 됐다.

5

라인하르트가 만든 포션 덕분에 에이작과 페터슨의 삶이 달라졌다.

에이작은 집에서 왕처럼 대접을 받았다.

연일 계속되는 에이작 부부의 뜨거운 사랑 놀음 때문에 하녀 페이미는 밤에 잠을 못 이룰 정도였다.

페터슨의 집안 분위기도 화기애애하게 변했다.

예전에는 병석에 누워 있는 베스 때문에 웃음소리 한 번 크게 내지 못했지만 지금은 달랐다.

나날이 건강을 되찾아가는 베스 덕분에 모두가 기쁨을 감추지 못했다.

"이 정도면 됐겠지."

라인하르트는 영주 농경지의 수확을 앞두고 아돌프를 찾아갔다. 그리고 마법 실험실에 대한 정식적인 지원을 요청했다.

"그 부분은 관리들과 논의를 해보도록 하겠습니다."

라인하르트의 예상대로 아돌프는 즉답을 피했다.

라인하르트가 아베론 영지에 끼친 영향을 생각한다면 당장에라도 들어줘야 할 일이었지만 어디까지나 그는 브론즈 남작가의 손님일 뿐이었다.

비록 대마법사라곤 하지만 비공식적인 영지의 마법사에게 공식적인 지원을 한다는 게 간단한 일은 아니었다.

아돌프는 레이샤드의 허락을 받아 회의를 소집했다. 그리고 관리들을 불러 모았다.

"라인하르트님께서 마법 실험에 대한 지원을 요청해 오셨습니다."

아돌프가 냉정한 얼굴로 관리들 앞에서 안건을 꺼내놓았다.

그러면서 그는 가장 먼저 에이작의 표정을 살폈다.

배타적인 에이작이라면 분명 반대 의견을 내놓을 것이라 여겼다.

하지만 정작 에이작은 기다렸다는 듯이 말을 받았다.

"라인하르트님께서 하시는 마법 실험에 대해 다들 들어 보셨을 것이라 생각합니다. 라인하르트님께서 발견해 내신 식물들을 가지고 마법 실험을 했는데, 하나같이 대단한 포션들을 발견해 내셨지 뭡니까? 그래서 그 마법 포션을 대량 생산해서 판매를 하고 싶으신 듯합니다."

에이작은 아돌프도 잘 알지 못하는 속사정을 자세하게 설명했다.

그러면서 영지의 미래를 위해서라도 라인하르트를 지원할 필요가 있다고 역설했다.

"그러니까 마기를 흡수한다는 그 식물들로 돈을 벌 수 있다는 이야기가 아닙니까?"

"그렇다면야 반대할 이유가 없지요."

"확실히 에이작님 말씀이 옳은 것 같습니다."

라인하르트의 예상대로 조르만과 모비드, 브루스는 군말 없이 찬성의 뜻을 보였다.

그러자 에이작이 옳은 선택이라며 한껏 고개를 끄덕여 보였다.

"페터슨님은 어찌 생각하십니까?"

회의가 뜻대로 진행되지 않자 아돌프가 평소 뜻을 함께하던 페터슨을 끌어들였다.

만일 다른 때라면 페터슨은 신중할 필요가 있다며 아돌프의 손을 들어주었을 것이다.

하지만 라인하르트에게 큰 은혜를 입은 탓일까. 그 역시도 다른 관리들의 뜻에 합세했다.

"라인하르트님께서는 헬레나님을 치료하기 위한 포션도 개발하신 것으로 압니다. 그런 분이 도움을 요청하셨는데 거절한다는 건 도리가 아니라고 생각합니다."

페터슨까지 찬성하자 아돌프도 마지못해 고개를 끄덕였다. 자신을 제외한 모든 관리가 찬성한 상황이었다.

제아무리 총관이라 하더라도 독단적인 결정을 내리기 어려웠다.

그렇게 라인하르트의 마법 실험에 대한 아베론 영지의 공식적인 지원이 시작되었다.

제19장

변화의 조짐 Part 1

1

라인하르트의 마법 실험실에 대한 영지의 지원이 결정된 다음 날.

"영주님, 이걸 좀 봐주십시오."

라인하르트가 레이샤드를 찾아가 노란색 포션을 내밀었다.

"이게 뭔가요?"

레이샤드가 라인하르트를 바라보며 물었다.

그러자 라인하르트가 가볍게 웃으며 대답했다.

"헬레나님을 위해 만들어 봤습니다."

"어머니를 위해서요?"

"죽음의 병을 치료하는 약입니다."

라인하르트의 말에 레이샤드가 놀람을 감추지 못했다.

라인하르트가 뛰어난 마법사라는 사실은 알고 있었지만 설마하니 죽음의 병을 치료할 수 있는 포션까지 만들었을 줄은 미처 생각지 못한 얼굴이었다.

"이게…… 정말 효과가 있을까요?"

레이샤드가 떨리는 목소리로 물었다.

죽음의 병은 대지의 신전에서 온 신관들조차 어찌하지 못하는 병이다.

그저 성수로 병의 악화를 막는 게 최선의 치료법이라고만 알려져 있었다.

"이미 페터슨 경을 통해 실험을 해보았습니다. 믿지 못하시겠거든 그의 집에 사람을 보내어 한 번 알아보시기 바랍니다."

라인하르트가 웃으며 말을 이었다.

그의 말처럼 페터슨의 노모 베스는 노란색 포션 몇 병에 벌써 거동이 가능해진 상태였다.

"라인하르트가 그렇게 말한다면 확실하겠지요."

레이샤드는 오른손으로 노란색 포션을 강하게 움켜잡았다.

이제 이 포션만 있으면 죽음의 병 때문에 고생하는 어머니 헬레나를 치료할 수 있게 된다.

듣기로 페터슨의 노모는 헬레나보다 더 심각한 상태였다. 그녀가 효과를 보았다면 헬레나에게도 분명 큰 도움이 될 터였다.

"미안하지만 먼저 일어나도 괜찮겠죠?"

레이샤드가 조바심을 내며 자리에서 일어났다.

마음 같아선 당장에라도 헬레나에게 달려가 포션을 먹이고 싶은 심정이었다.

그런 속마음이 전해진 것일까.

"물론입니다, 영주님."

라인하르트가 흔쾌히 고개를 끄덕였다.

"고마워요. 라인하르트."

레이샤드는 그 즉시 집무실을 나서 헬레나의 방으로 향했다. 그리고 잠이 든 헬레나를 조심스럽게 깨웠다.

"어머니. 이 포션 좀 드셔 보세요."

"이게…… 뭐니?"

"일전에 영지에 대단한 마법사가 있다는 이야기를 해 드렸죠? 그 마법사가 만든 치료약이에요. 이 약만 먹으면 죽음의 병을 떨쳐낼 수 있데요."

레이샤드는 반신반의하는 헬레나에게 노란색 포션을 먹였

다. 그리고 긴장 어린 눈으로 경과를 지켜보았다.

잠시 후, 약효가 퍼진 듯 헬레나의 파리하던 안색이 점차 정상으로 돌아오기 시작했다.

"어머니, 좀 어떠세요?"

레이샤드가 헬레나의 손을 붙잡고 물었다.

"확실히 몸이 가벼워졌구나."

헬레나도 놀람을 감추지 못했다.

지금껏 수많은 성수를 마셔 왔지만 그 어떤 것도 지금처럼 몸을 가볍게 해주지는 못했다.

"됐어요. 어머니! 이제 이 포션만 있으면 금방 일어나실 수 있을 거예요!"

레이샤드는 기쁨을 감추지 못했다.

영지 일이 바쁘다는 핑계로 그동안 헬레나를 거의 돌봐 주지 못했는데 다행히도 치료 포션이 만들어졌으니 그동안의 불효를 씻을 수 있을 것 같았다.

헬레나의 방을 나선 레이샤드는 즉시 라인하르트를 찾았다.

그리고 죽음의 병을 이겨낼 수 있는 포션을 대량으로 생산해 달라고 부탁했다.

아베론 영지에는 헬레나뿐만 아니라 죽음의 병에 걸린 이들이 적지 않았다.

영주로서 레이샤드는 그들 모두가 저주받은 병에서 벗어나길 바랐다.

“걱정 마십시오, 영주님. 그렇지 않아도 영지에서 재정 지원을 승낙해 주어서 포션 생산이 수월해졌습니다.”

라인하르트가 아베론 영지에 공을 돌렸다.

“오오, 그래요?”

미처 보고를 받지 못했던 듯 레이샤드가 무척이나 기뻐했다.

아베론 영지에서 지원금을 주지 않더라도 라인하르트가 포션을 생산하는 데는 아무런 문제가 없었다.

라인하르트에게는 아공간 실험실이 있었다. 그리고 실험을 도울 마법 실험체들도 있었다.

아공간 실험실에서 포션을 생산한다면 어렵지 않게 다량의 포션을 만들어 낼 수 있었다.

하지만 그런 식의 포션 생산은 아베론 영지의 발전에 별다른 도움이 되지 못했다.

라인하르트가 독단적으로 포션을 생산한다면 포션의 판매에 따른 수익은 라인하르트의 것이 된다.

하지만 마계의 공작인 라인하르트에게는 중간계의 재화가 별로 필요치 않았다.

마계의 재화에 비하면 보잘것없는 금붙이들에 지나지 않

았다.

그로 인해 아베론 영지가 누릴 수 있는 이득 또한 많지 않았다.

고작해야 마법 실험실과 영지의 상권을 이용하게 해준 것에 대한 소소한 대가만 누리게 될 뿐이다.

하지만 아베론 영지에서 포션 생산을 지원한다면 이야기는 달라진다.

아베론 영지는 지원금만큼의 포션 판매 수익을 요구할 수 있게 된다.

또한 라인하르트가 개발한 포션 조합법도 공동으로 소유가 가능해진다.

엘리자베스는 아베론 영지가 하루 빨리 자생력을 키우길 바랐다.

주변 영지들의 지원이 없더라도 홀로 자립하고 성장할 수 있는 영지가 되길 바랐다.

대지의 마기를 흡수하는 식물들을 찾아내긴 했지만 아베론 영지에서 당장 농사를 짓는다는 건 불가능한 일이었다.

라인하르트가 아공간 실험실에서 실험한 결과에 따르면 최소한 2년간은 꾸준히 식물들을 재배해야만 파종이 가능한 것으로 알려졌다.

한창 채광중인 흑철 광산의 사정도 크게 다르지 않았다.

이제 겨우 기반 시설을 세우는 상황이었다.

흑철 광산에서 안정적인 채굴이 이루어지기까지는 족히 2년이란 시간이 필요했다.

2년 후가 되면 아베론 영지의 사정은 지금보다 훨씬 좋아질 것이다.

하지만 엘리자베스는 2년이라는 시간을 그저 기다리고만 있을 수가 없었다.

그래서 선택한 게 바로 포션이었다.

포션 생산을 통해 영지의 생산력을 높이겠다는 계산이었다.

라인하르트가 번거로운 방법까지 써 가며 아베론 영지의 지원금을 바란 것도 바로 그런 이유 때문이었다.

아베론 영지가 어떤 방식으로든 끼어들어야 그 이득을 함께 나눌 수가 있는 것이다.

"영지의 지원금이 얼마나 된다고 하던가요?"

레이샤드가 기대 어린 얼굴로 물었다.

라인하르트와 그가 만든 포션의 진가를 알았다면 아베론 영지에서 적잖은 투자금을 냈을 것이라 여겼다.

"500골드라고 전해 들었습니다."

라인하르트가 가볍게 고개를 숙였다.

순간 레이샤드의 표정이 딱딱하게 굳어졌다.

못해도 수천 골드 수준은 될 것이라 여겼는데 고작 500골드라니.

물어본 자신이 다 민망할 지경이었다.

마법진의 확장 문제로 고민하기 이전부터 레이샤드는 아베론 영지에 전속 마법사를 두고 싶어 했다.

그래서 전속 마법사를 두는 데 필요한 재정 지출에 대해 제법 상세하게 파악하고 있었다.

수련이라는 꼬리표를 갓 뗀 일반 마법사 한 명을 고용하는 데 드는 비용은 1년에 최소 5백 골드나 됐다.

고위 마법사를 고용하려면 그보다 몇 배나 많은 수천 골드가 필요했다.

그것도 단순히 마법사와 그가 운영하는 마법 실험실에 투자되는 금액만 해서 그렇다.

만일 마법사가 마법 실험을 핑계로 영지에 재정 지원을 요청하는 경우까지 감안하면 지출되는 비용은 그 몇 배로 늘어난다.

1만 골드를 넘는 건 예사고 경우에 따라서는 수십만 골드를 잡아먹기도 한다.

솔직히 재정적인 규모가 수천 골드에 지나지 않는 아베론 영지 입장에서 영지 전속 마법사란 그림의 떡이나 마찬가지였다.

그런데 임시나마 라인하르트 같은 대단한 마법사가 영지를 위해 힘써주고 있다.

그렇다면 어느 정도 자존심을 살려 주는 게 예의였다.

물론 레이샤드도 관리들의 생각을 모르는 바는 아니었다.

아베론 영지의 재정 상황상 500골드는 결코 적은 금액이 아니었다.

게다가 마법 실험이라는 게 늘 성공을 장담할 수 있는 게 아니다.

워낙 많은 변수가 존재하다 보니 첫 번째 실험이 성공했다고 해도 두 번째 실험에서 실패할 가능성이 적잖았다.

관리들의 입장에서는 라인하르트가 개발한 포션이 우연의 산물인지 아니면 대량 생산이 가능한 것인지 판단하기가 모호했다. 그래서 최악의 경우를 감안해 5백 골드를 책정한 것이다.

하지만 레이샤드는 라인하르트의 얼굴을 보기가 부끄러웠다.

라인하르트는 엘리자베스와 함께 시험의 궁에서 나온 존재다.

그렇다는 건 관리들이 걱정하는 것처럼 포션의 대량 생산을 실패할 일이 없다는 의미였다.

만일 레이샤드에게 재정 지출 권한이 있었다면 그는 망설이지 않고 수천 골드를 승인했을 것이다.

그만큼 라인하르트가 만든 포션은 아베론 영지에 엄청난 이득을 남겨줄 게 확실했다.

그러나 애석하게도 아직 법적으로 성인이 되지 않은 탓에 레이샤드는 재정 지출 권한이 없었다.

소소한 재정 지출까지 관리들과 상의를 해야만 하는 처지였다.

"영지의 사정이 변변치 못해 미안해요."

레이샤드가 라인하르트에게 미안한 마음을 전했다. 그러자 라인하르트가 개의치 않는다는 듯 웃어 보였다.

만일 라인하르트가 인간 마법사였다면 아베론 영지의 지원금에 실망해 다른 영지로 떠나갔을지 몰랐다.

하지만 라인하르트는 중간계에서 누리는 부귀영화에 대해 별다른 욕심이 없었다.

"당장은 500골드로도 충분합니다. 그보다는 저를 도와줄 인력이 필요한 상황이지요."

라인하르트가 슬쩍 말을 돌렸다. 그러자 레이샤드가 공감한다는 듯 고개를 끄덕였다.

영지에 자리를 잡은 고위 마법사들의 경우 제자를 포함해 휘하에 10명 남짓의 수종 마법사를 두는 게 일반적이었다.

하지만 라인하르트는 아직까지 홀로 마법 실험실을 운영

하고 있었다.

"그렇지 않아도 그 점이 늘 신경 쓰였어요. 라인하르트가 원하신다면 빛의 마탑을 통해 괜찮은 마법사들이라도 초빙했으면 하는데……."

레이샤드가 조심스럽게 라인하르트의 의사를 물었다.

현재 아베론 영지가 라인하르트를 위해 해줄 수 있는 일은 그 정도가 한계였다.

빛의 마탑 북부 지부에서 이미 라인하르트를 살피고 돌아간 만큼 레이샤드는 자신이 공식적으로 요청을 한다면 수련 마법사나 일반 마법사 정도는 얼마든지 보내줄 것이라고 생각했다.

그러나 그것은 마탑의 폐쇄성을 모르고 한 소리였다.

게다가 라인하르트 역시 빛의 마탑의 도움을 받을 생각이 추호도 없었다.

"그 점은 크게 걱정하지 않으셔도 될 것 같습니다. 머잖아 영지에 자유 마법사들이 찾아올 것이랍니다. 그들이라면 저를 충분히 도와줄 수 있을 것입니다."

라인하르트가 그럴 것 없다며 고개를 흔들었다. 그러자 레이샤의 눈이 똥그랗게 변했다.

"자유 마법사가 우리 영지를 찾아온단 말이에요?"

"그렇습니다. 영주님. 하나같이 실력이 출중한 자들이지요. 아마 잘만 설득한다면 영지의 전속 마법사로 남게 될지도 모릅니다. 그러니 그들이 아베론 영지에 들어오는 것을 허락해 주셨으면 좋겠습니다."

라인하르트가 정중한 목소리로 청했다.

아베론 영지는 대륙 지도에조차 표기되어 있지 않는 특별한 영지였다.

그래서 레이샤드의 허락 없이는 그 누구도 함부로 들어올 수가 없었다.

특히나 기사나 마법사, 용병 같은 무력을 갖춘 이들의 출입은 더욱 철저히 제안되었다.

아베론 영지의 병력이 워낙 적다 보니 만약의 상황을 대비하기 위한 것이다.

하지만 라인하르트의 말처럼 영지의 전속 마법사가 될지도 모르는 이들이라면 막아 세울 이유가 없었다.

"그런 일이라면 당연히 허락해 드려야지요."

레이샤드가 흔쾌히 고개를 끄덕였다.

"감사합니다, 영주님."

라인하르트가 웃으며 가볍게 고개를 숙였다.

2

라인하르트가 만든 포션 덕분에 헬레나의 병세가 호전됐다는 소식이 아베론 성 곳곳에 전해졌다.

"그게 정말이야?"

"그렇다니까? 헬레나님의 안색이 얼마나 밝아지셨는지 몰라."

소식을 전해들은 이들은 하나같이 기쁨을 감추지 못했다.

헬레나는 레이샤드의 어머니이기에 앞서 아베론 영지의 안주인이나 마찬가지인 존재였다.

그렇다 보니 그녀의 회복이 꼭 자신들의 일처럼 느껴졌다.

하지만 정작 아돌프는 마냥 기뻐할 수가 없었다.

물론 헬레네가 완쾌될지 모른다는 사실 자체만 놓고 보자면 기뻐할 일임에 틀림없었다.

영주 일가의 가신으로서 그는 누구보다 헬레나의 쾌유를 빌어 왔다.

그녀가 한시라도 빨리 병을 털고 일어나서 레이샤드에게 힘이 되어주길 바랐다.

하르베스 폐황태자가 죽고 난 뒤에 헬레나까지 병에 걸리면서 영주 일가에는 구심점이 사라져 버렸다.

하르베스 폐황태자가 살아 있을 때에는 그가 가주로서 가문을 대표하고 영지를 다스렸지만 아직 어린 레이샤드에게 그런 역할까지 기대하기란 시기상조였다.

하르베스 폐황태자는 죽으며 레이샤드를 후계자로 삼았다.

그리고 공식적으로 레이샤드는 하르베프 폐황태자로부터 가주 자리를 이어받은 상태였다.

그러나 실제로 레이샤드는 영주 노릇은 곧잘 하면서도 가주로서의 역할은 상당히 부족한 편이었다.

후계자 수업을 받을 새도 없이 곧바로 가주가 되어버렸으니 무엇을 어떻게 해야 하는지 잘 알지 못한 탓이었다.

그런 때에 헬레나까지 병석에 누워 버렸으니 레이샤드에게 가주의 역할에 대해 알려줄 사람이 아무도 없었다.

그나마 아돌프가 헬레나를 대신하긴 했지만 가신과 어머니는 달랐다.

그래서 아돌프는 늘 헬레나가 쾌차하기를 바라왔다.

하지만 그 방법이 문제였다. 대지의 신전의 성수도 아니고 하필이면 라인하르트가 만든 치료약이 효과를 보았다니.

또다시 브론즈 남작가에게 빚을 지는 것 같아 마음이 답답해졌다.

"후우……."

아돌프의 입가를 타고 무거운 한숨이 흘러나왔다.

아직 브론즈 남작가에 대해서는 이렇다 할 정보가 없는 상황이었다.

믿고 함께할 가문인지 다른 의도로 접근한 것인지 파악조차 되지 않았다.

그런데 얄밉게도 브론즈 남작가는 야금야금 자신들의 영향력을 넓히고 있었다.

만에 하나 자신의 우려처럼 브론즈 남작가가 좋지 않은 의도로 아베론 영지에 들어 온 것이라면?

레이샤드와 헬레나는 물론이고 관리들까지 구워삶은 뒤 본색을 드러낸다면?

그때는 걷잡을 수 없는 상황에 처하게 될 것이다.

"답장은 아직이란 말인가."

아돌프가 초조한 얼굴로 중얼거렸다.

빛의 마탑과 정보 길드에게 보낸 서신 중 어느 한쪽이라도 답을 받았다면 마음이 편했겠지만 양쪽 다 깜깜 무소식이다 보니 속이 타들어갈 지경이었다.

그때였다.

똑똑.

문소리와 함께 문이 열리더니 병사 하나가 집무실 안으로 들어왔다.

"무슨 일인가?"

아돌프가 굳은 얼굴로 물었다.

그러자 병사가 품속에서 서신을 꺼내며 말했다.

"총관 어르신께 서신이 도착해서 가져 왔습니다."

"서신이?"

"네, 모두 두 통입니다."

순간 아돌프의 눈이 번쩍 뜨였다. 그토록 기다렸던 답장이 온 게 틀림없었다.

병사가 집무실을 나가기가 무섭게 아돌프는 서둘러 답장을 살폈다.

두 통의 서신 중 먼저 손에 잡힌 건 빛의 마탑에서 온 답장이었다.

아돌프는 빛의 마탑의 인장이 찍힌 겉봉을 뜯고 속지를 펼쳤다.

그 안에는 낯익은 필치의 글씨가 잔뜩 적혀 있었다.

그러나 아돌프는 다급한 마음에 초반의 안부 인사를 건너뛰고 곧바로 본론을 살폈다.

그리고는 이내 당혹스러움을 감추지 못했다.

브론즈 남작가에 대해 아돌프가 알고 있는 사실은 영지가 없는, 제국의 가문 중 하나라는 것뿐이다.

그래서 대체 어떤 가문인지 알아보기 위해 서신을 보낸 것이었다.

그런데…….

"엘리자베스님이 하르베스 전하를 따르다 몰락한 프라임

백작의…… 딸이라니!"

아돌프는 눈을 부릅떴다.

만일 서신의 내용이 사실이라면 그는 지금껏 큰 결례를 하고 있었던 것이나 다름이 없었다.

프라임 백작은 하르베스 폐황태자의 오랜 벗이자 든든한 지지자였다.

하르베스 폐황태자는 황위에 오르면 프라임 백작을 중용하겠다는 뜻을 공공연히 밝혀왔다.

프라임 백작도 목숨을 걸고 하르베스 폐황태자에게 충성을 다하겠다고 맹세를 했다.

그래서 프라임 백작은 하르베스 폐황태자가 폐위되었을 때 함께 변을 당했다.

칼슈타트 황제는 반역을 시도했다는 죄목으로 프라임 백작의 영지를 몰수하고 그가 운영 중이던 수많은 상단을 전부 빼앗아 버렸다.

그리고 치욕스럽게 목숨만 살려둔 채 제국 밖으로 추방해 버렸다.

대륙을 전전하던 프라임 백작은 결국 지병으로 세상을 떴다. 그리고 그의 가족들은 뿔뿔이 흩어졌다.

아베론 영지에서 프라임 백작의 소식을 전해들은 하르베스 폐황태자는 무척이나 가슴 아파했다.

자신 때문에 프라임 백작가까지 변을 당했다며 차마 얼굴을 들 수 없다고 했다.

게다가 하르베스 폐황태자는 황태자 시절 프라임 백작가와 사돈을 맺기로 약속을 한 사이였다.

당사자들이 다들 어리던 시절이라 딱히 짝을 정하진 않았지만 정말로 엘리자베스가 프라임 백작의 딸이라면 레이샤드의 정혼 대상일 가능성이 높았다.

아돌프는 황급히 두 번째 서신을 뜯었다.

정보 길드의 답장이다 보니 서신 안의 내용은 간단했다.

다각도로 조사한 결과 제국에 등록된 브론즈 남작가는 프라임 백작가의 후예로 파악됨. 성을 바꾸긴 했지만 가주인 엘리자베스는 프라임 백작의 딸일 가능성이 높음.

"허……."

아돌프는 자신도 모르게 헛웃음을 흘렸다.

놀랍게도 두 통의 서신의 내용이 거의 완벽하게 일치하고 있었다.

마탑과 정보 길드는 각기 다른 정보 체계를 구축하고 있었다.

그런 그들이 같은 결론을 보내 왔다는 건 그만큼 진실에 가깝다는 의미였다.

단기간에 조사한 정보라 약간의 오차가 있을 수는 있겠지만 적어도 브론즈 남작가가 위험한 가문이 아니라는 건 확신할 수 있었다.

자연스럽게 엘리자베스에 대한 의문도 해소가 되었다.

아돌프는 브론즈 남작가 만큼이나 엘리자베스를 경계했다.

누가 봐도 첫눈에 반할 것처럼 아름다운 외모에 교양과 학식까지 갖춘 그녀가 아직 어린 레이샤드의 곁에 머무른다는 게 적잖게 신경이 쓰였다.

하지만 엘리자베스가 프라임 백작의 딸이라면 이야기는 달라진다.

하르베스 폐황태자와 프라임 백작의 혼약에 따라 프라임 백작가의 여식들은 누구라도 레이샤드의 정혼자가 될 수 있었다.

만일 엘리자베스가 정혼자의 입장에서 레이샤드를 찾아온 것이라면?

그리고 사라진 프라임 백작가를 대신해 이곳 아베론 영지에 정착하려 하는 것이라면?

선대의 인연을 생각해서라도 결코 박대할 수는 없는 일이었다.

“하마터면 큰 결례를 할 뻔했어.”

아돌프는 속으로 가슴을 쓸어내렸다.

프라임 백작과 교분을 쌓은 건 하르베스 폐황태자만이 아니었다.

언제나 하르베스 폐황태자의 곁을 지키던 아돌프 또한 프라임 백작과 상당한 친분이 있었다.

“그러고 보면 엘리자베스님께서 백작 부인을 닮은 것 같기도 하고.”

아돌프는 머릿속으로 프라임 백작 부인을 떠올렸다.

어렴풋이 스쳐 지나긴 했지만 프라임 백작이 몇 번이나 구애해 어렵게 마음을 얻었다는 그녀는 제국에서도 상당한 미인으로 알려져 있었다.

“그러고 보면 백작 부인께서도 정숙하시고 현명하셨지.”

아돌프는 이내 고개를 끄덕였다.

백작 부인을 연상하니 자연스럽게 엘리자베스의 이미지가 그려졌다.

엘리자베스는 대단한 인연과 신분을 감추고 들어본 적도 없는 브론즈 남작가의 가주로서 아베론 영지에 머물렀다.

그리고 물심양면으로 아베론 영지의 성장을 돕고 있었다.

만일 엘리자베스가 처음부터 진실을 밝혔다면 아돌프도 괜한 오해 없이 그녀를 극진히 대접했을 것이다.

어쩌면 레이샤드의 짝이 될지도 모르니 지금처럼 걱정하기 보다는 오히려 두 사람이 잘되길 바랐을 것이다.

하지만 엘리자베스는 굳이 모든 것을 알리지 않았다.

그저 손님으로 머무르며 레이샤드와 좋은 관계를 유지하려 애를 썼다.

"부담을 주지 않으시려 했던 거겠지."

아돌프는 엘리자베스의 속마음을 충분히 이해할 수 있을 것 같았다.

제국에서도 손꼽히던 프라임 백작가의 딸이었다면 또 모르겠지만 지금은 대륙을 떠도는 브론즈 남작가의 가주에 불과했다.

반면 레이샤드는 아베론 영지에 머무르고 있긴 하지만 아직까지 제국의 황족이란 신분을 유지하고 있는 상태였다.

선친들의 약속이 있다 하더라도 제국의 황족과 이름뿐인 가문의 딸이 결혼한다는 건 쉽지 않은 노릇이었다.

그렇다 보니 엘리자베스도 욕심을 버리고 레이샤드를 돕는 일에 열중하는 것인지도 몰랐다.

"후우……."

아돌프가 길게 한숨을 내쉬었다.

다소 먼 길을 돌아오긴 했지만 그래도 오랫동안 앓던 이 하나가 개운하게 빠진 것 같은 기분이었다.

마음 같아서는 당장에라도 엘리자베스를 찾아가 그동안의 무례를 사과하고 싶었다.

하지만 그랬다간 엘리자베스와 브론즈 남작가에 대한 모든 비밀이 전부 알려지게 될 것이다.

아돌프는 하르베스 폐황태자의 충실한 심복이다.

또한 프라임 백작의 좋은 친구였다.

그렇다 보니 아베론 영지까지 찾아온 엘리자베스와 브론즈 남작가가 가엽고도 고마웠다.

하지만 아베론 영지의 관리들은 다를 것이다.

제국에서 역모죄를 뒤집어쓰고 몰락해 버린 가문의 딸이다.

비록 지금은 복권됐다곤 하지만 괜한 반감을 가질 게 틀림없었다.

"일단 브론즈 남작가가 영지에 완전히 자리를 잡을 때까지는 비밀을 지켜 주는 게 좋겠어."

아돌프가 속으로 고개를 끄덕였다.

그것이 그동안의 무례에 대해 그가 할 수 있는 유일한 배려였다.

아돌프는 두 통의 서신을 가장 아래쪽 서랍 안에 집어넣었다. 그리고 한결 가벼워진 얼굴로 업무를 보기 시작했다.

같은 시각.

엘리자베스에게도 아르메스의 상황 보고가 이어지고 있었다.

"그러니까 날 프라임 백작가의 후손으로 만들어 놓았단 말이지?"

엘리자베스가 새까만 눈으로 아르메스를 바라봤다.

그러자 아르메스가 깊숙이 고개를 숙이며 말을 이었다.

"그렇습니다, 엘리자베스님. 비록 반역으로 망하긴 했습니다만 얼마 전에 복권이 되었기 때문에 큰 문제가 있을 것 같지는 않습니다."

하르베스 폐황태자가 폐위되면서 칼슈타트 황제는 하르베스 폐황태자와 관련된 가문들을 반역의 죄를 물어 쓸어버렸다.

그중에는 프라임 백작가도 포함되어 있었다.

당시에 수많은 가문이 영지와 재산을 몰수당하고 내쫓겼지만 프라임 백작가만큼은 재산과 목숨을 보전할 수 있었다.

하르베스 폐황태자의 간곡한 청이 있었기 때문이었다.

당시에는 그 누구도 칼슈타트 황제의 결정에 반대하지 못했다.

하지만 권력이란 영원하지 않다고 하던가.

잠시 칼슈타트 황제의 힘에 억눌렸던 귀족들의 권한이 점점 되살아나면서 무자비했던 칼슈타트 황제의 처사를 질책하는 목소리가 높아졌다.

귀족들의 반발이 거세지자 칼슈타트 황제는 반역에 연루되었던 가문들의 누명을 벗겨주었다.

하지만 그것뿐.

그들의 영지와 재산을 되돌려 주려는 노력은 결코 하지 않았다.

어쨌든 더 이상 프라임 백작가는 입에 올려서도 안 되는 반역의 가문이 아니었다.

그러나 더 이상 제국의 손꼽히는 명문가도 아니었다.

권력 다툼 속에 겨우 이름만 존속하게 된 가문.

그것이 프라임 백작가의 현실이었다.

"프라임 백작가의 사람들은 어찌 됐어?"

"알아본 바에 따르면 프라임 백작과 백작 부인은 대륙을 방랑하다 병을 얻어 죽었고 장자인 리오는 4년 전에, 장녀인 레이시는 재작년에 죽은 것으로 알려졌습니다."

"그럼 프라임 백작가의 사람들 중에 살아 있는 사람들은 아무도 없단 말이야?"

"아닙니다. 프라임 백작의 막내딸이 아직 살아 있는 것으로 확인되었습니다."

"막내딸? 몇 살인데?"

"이제 겨우 열세 살인 것으로 알고 있습니다. 프라임 백작가가 화를 당할 무렵 태어났다고 합니다."

프라임 백작은 슬하에 1남 2녀를 두었다.

그중 장남과 장녀는 프라임 백작가의 복권을 위해 노력하다 젊은 나이에 병을 얻어 죽고 말았다.

그리고 현재는 막내딸만이 유일하게 생존해 있었다.

"막내딸의 이름이 뭐야?"

엘리자베스가 관심 어린 눈으로 물었다.

"스칼렛이라고 합니다."

아르메스가 가볍게 고개를 숙이며 대답했다.

"스칼렛이라. 그녀는 지금 뭘 하고 있지?"

엘리자베스가 프라임 백작의 딸 노릇을 하기 위해서는 최소한 가족들의 입을 봉해 놓을 필요가 있었다.

그러자 아르메스가 걱정할 것 없다는 얼굴로 대답했다.

"엘로하 후작령에서 작은 의류점을 하고 있습니다."

"의류점?"

"네, 의류점 점원으로 고생을 하고 있어서 엘리자베스님의 이름을 통해 도움을 주었습니다."

프라임 백작이 죽고 장남인 리오마저 죽으면서 프라임 백작가의 가신도 뿔뿔이 흩어졌다.

게다가 그리 많지 않던 재산마저 소진되면서 스칼렛도 어려서부터 생활 전선으로 내몰려야 했다.

다행이 말주변이 좋았던 스칼렛은 엘로하 후작령에서도 유명한 의류점의 점원으로 취직을 했다.

영리하고 싹싹한 스칼렛은 금세 손님들의 사랑을 독차지하였다.

하지만 의류점의 주인은 스칼렛이 멸문가의 후손이라는 이유로 제대로 된 대접을 해주지 않았다.

그 사정을 알게 된 아르메스는 은밀히 스칼렛을 찾아갔다.

그리고 그녀에게 배다른 누나가 있다는 사실을 알려준 다음에 엘리자베스의 이름으로 지원을 약속했다.

스칼렛은 재능을 살려 의류점을 차리길 원했다.

제국의 서쪽 끝에 위치한 엘로하 후작령은 바다와 접한 탓에 휴양지로 이름이 높은 곳이었다.

그렇다 보니 매년마다 수많은 귀부인이 몰려들었다.

아르메스는 스칼렛의 바람대로 목 좋은 곳에 작은 의류점을 차려 주었다.

그리고 그 대가로 엘리자베스를 가족으로 받아줄 것을 요구했다.

스칼렛은 흔쾌히 고개를 끄덕였다.

생활고에 시달리던 그녀에게 있어 같은 피를 이어받은 가족이 있다는 건 더없이 반가운 일이었다.

"잘했어."

엘리자베스가 흡족한 듯 고개를 끄덕였다.

아르메스가 꼼꼼하게 일처리를 한 덕분에 스칼렛에 대해서는 별다른 걱정을 하지 않아도 될 것 같았다.

그러자 옆에 있던 라인하르트가 슬쩍 끼어들었다.

"스칼렛의 외모는 어떻던가?"

"외모…… 말입니까?"

"그래, 엘리자베스님과는 비교조차 하기 어렵겠지만 나중에라도 필요할지 모르니 말이야."

아르메스는 엘리자베스를 프라임 백작의 딸로 둔갑시켰다.

덕분에 언제라도 선친들의 혼약 문제가 거론될 상황에 처했다.

아마 엘리자베스의 정체를 모르는 이들은 그녀를 레이샤드와 혼인시키려 할 것이다.

하지만 마계의 마황녀인 엘리자베스가 인간과 결혼할 수는 없는 노릇이었다.

엘리자베스의 의지가 강하다면 또 모르겠지만 현실적으로 봤을 때 불가능에 가까운 일이었다.

그때 스칼렛을 엘리자베스를 대신해 내놓는다면?

혼약으로 인한 갈등 문제가 깨끗이 해결될 것이다.

"아직 나이가 어려 뭐라고 확답을 드리기는 어렵습니다만 예쁜 편이었습니다."

아르메스가 나직이 대답했다.

마족의 미적 기준에는 다소 못 미치긴 했지만 인간들의 기준으로 봤을 때는 어디에 내놔도 빠지지 않을 정도였다.

"그렇다면 다행이군."

라인하르트가 히죽 웃음을 흘렸다.

이로써 만약의 상황에 대비할 수 있으니 안심이라는 반응이었다.

하지만 정작 엘리자베스는 썩 달가운 표정이 아니었다.

라인하르트가 무엇을 걱정하는지 모르는 바는 아니지만 너무 앞서갔다는 생각이 들었다.

"라인하르트, 영주 직영 농경지에 심었던 식물들은 언제쯤 수확이 가능한 거죠?"

엘리자베스가 다소 퉁명스런 목소리로 물었다.

"제 계산이 틀리지 않는다면 아마 사흘 후면 수확이 가능할 것 같습니다."

라인하르트가 냉큼 고개를 숙였다.

눈치 빠르게도 그는 엘리자베스의 심기가 갑자기 불편해졌음을 금세 알아차렸다.

하지만 어째서 엘리자베스가 화가 났는지는 알아채지 못했다.

설마하니 고귀한 마황녀인 엘리자베스가 인간인 레이샤드에게 다른 감정을 품고 있을 것이라고는 감히 상상조차 하기 힘들었다.

그것은 엘리자베스도 마찬가지였다.

라인하르트가 특별히 틀린 말을 한 것이 아님에도 왠지 모르게 불쾌한 감정이 치밀어 올랐다.

'마계를 오랫동안 떠나 있어서 그런 것일까?

엘리자베스는 그 원인을 단순히 기분 탓으로만 돌렸다

지금으로서는 그것 이외의 다른 이유를 생각할 수가 없었다.

"가르시아, 학자들을 초대하는 건 어찌 됐지?"

애써 감정을 가라앉힌 뒤 엘리자베스는 시선을 가르시아에게 돌렸다.

그러자 홀로 의미모를 미소를 짓고 있던 가르시아가 냉큼 표정을 바로 했다.

"학계에서 인정받지 못하고 떠돌아다니고 있는 학자들 중에 쓸 만한 자들을 고르고 있는 상황입니다. 일단 시범적으로 세 명 정도에게 초대장을 보내 놓았으니 조만간 좋은 소식이 있을 것 같습니다."

엘리자베스는 아베론 아카데미에 거는 기대가 컸다.

레이샤드는 단지 아베론 영지를 위한 작은 교육 기관쯤으로 여기고 있지만 엘리자베스의 생각은 달랐다.

아베론 아카데미를 장차 북부 대륙의 교육을 총괄하는 중앙 교육 기관으로까지 성장시킬 생각이었다.

아베론 영지는 장차 한 나라의 중심지가 되기에 너무나 많은 것이 부족한 상황이었다.

절망적인 생산력은 둘째치고 천여 명에 불과한 인구수와 이름뿐인 행정 체계까지 일일이 거론하기가 입이 아플 지경이었다.

하지만 그중에서 가장 심각한 건 바로 교육 체계의 부재였다.

돈이야 골드마크에게 맡기면 수년 이내에 한 나라를 운영할 정도로 불릴 수 있었다.

부족한 인구수도 마찬가지였다.

대륙에 질병이나 전쟁을 일으키고 유랑민들을 적극적으로 받아들인다면 어느 정도 해결할 수 있었다.

하지만 교육적인 문제는 달랐다.

훗날을 대비해 지금부터 준비해 놓지 않는다면 아베론 아카데미는 그저 유명무실한 아카데미로 전락하고 말 것이다.

그래서 엘리자베스는 다섯 명의 수행원 중에 학자 출신인 가르시아를 포함시켰다. 그리고 그에게 이름 난 학자들의 영입을 지시했다.

당장은 어렵겠지만 아베론 아카데미는 수년 이내에 최소한 제국의 황실 아카데미에 버금갈 정도의 학자진을 구성해 놓아야 했다.

그래야만 장차 아베론 영지가 북대륙의 중심지가 되는 데 도움을 줄 수 있었다.

"아카데미는 영지보다 늘 서너 걸음 먼저 나아가야 한다는 점 잊지 마."

엘리자베스가 나직이 충고를 했다.

"명심, 또 명심하겠습니다."

가르시아가 가슴에 새기듯 호들갑스럽게 고개를 숙였다.

제20장

변화의 조짐 Part 2

1

라인하르트가 계산한 사흘이 지났다.

그리고 수확의 날이 다가왔다.

레이샤드는 아침 일찍 잠에서 깨어났다. 설레는 마음에 밤에 잠이 오질 않았다.

"영주님, 벌써 일어나셨어요?"

인기척을 느낀 담당 하녀 실비아가 침실 안으로 들어왔다.

그리고는 레이샤드에게 따뜻한 차를 한 잔 건네주었다.

"고마워, 실비아."

차의 온기를 즐기며 레이샤드는 조금 더 날이 밝기를 기다렸다.

그러길 한 시간쯤 지났을까.

어스름하던 대지가 빠르게 밝아졌다.

레이샤드는 서둘러 아침 식사를 마쳤다. 그리고 곧장 집무실로 향했다.

"어서 와요, 레이."

여느 때처럼 집무실에는 엘리자베스가 먼저 와 기다리고 있었다.

그녀의 표정을 보니 마치 레이샤드가 서두르고 있다는 사실을 미리 알고 있는 듯했다.

"엘리자베스, 오늘은 바로 시험의 궁에 들어가지 못할 것 같아요."

레이샤드가 엘리자베스에게 양해를 구했다.

다른 때 같았다면 주변의 방해가 거의 없는 오전 시간을 이용해 시험의 궁을 다녀온 뒤에 오후 정무를 보았겠지만 지금은 영지의 일을 살피는 게 더 급했다.

"그러고 보니 오늘이 수확 날이지요?"

엘리자베스가 가볍게 웃어 보였다.

"네, 그래요."

레이샤드가 기대에 찬 얼굴로 고개를 끄덕였다.

황폐하기만 하던 영지 직영 농경지에 기이한 식물의 씨를 뿌린 지도 벌써 한 달이라는 시간이 흘렀다.

그동안 물도 주지 않고 이렇다 할 거름조차 주지 않았음에도 식물들은 아무 탈 없이 무럭무럭 자라났다. 그리고 어느덧 수확의 시간이 다가왔다.

"나도 함께 가도 되죠?"

엘리자베스가 동행을 청했다.

"물론이죠."

레이샤드가 흔쾌히 고개를 끄덕였다.

레이샤드는 먼저 군무를 관리하는 페터슨을 불러들였다.

요새 들어 가정이 평온한 탓인지 페터슨의 얼굴은 상당히 밝아 보였다.

"페터슨 경, 오늘 식물들을 수확을 할 생각이에요."

"벌써 시간이 그렇게 되었습니까? 알겠습니다. 즉시 병사들을 준비시키겠습니다."

페터슨은 즉시 병사들에게 집결 명령을 내렸다.

그러자 얼마 지나지 않아 60명의 병사가 내성 앞으로 모여섰다.

"뭐야? 왜 이것밖에 안 돼?"

생각보다 수가 적자 페터슨이 눈을 부라렸다. 그러자 병사장 라하트가 냉큼 다가와 말했다.

"브루스님의 요청으로 얼마 전부터 광산 쪽에 병사들을 파견하고 있습니다."

"광산 쪽에? 왜?"

"확실히는 모르겠습니다만 광부들 일부가 맹수의 울음소리를 들었다고 합니다."

"뭐? 맹수?"

페터슨은 어이가 없었다.

마기가 짙게 깔려 들짐승은커녕 몬스터들조차 얼씬하지 못하는 아베론 영지에 맹수라니.

겁 많은 광부들의 농간에 괜히 애꿎은 병사들이 고생하고 있는 게 틀림없었다.

그렇다고 광부들의 요구를 무작정 묵살할 수도 없는 노릇이었다.

흑철 광산이 있는 곳은 얼마 전까지만 해도 영지의 권역 밖이었다.

비록 지금은 마법진의 보호를 받고 있다고 하더라도 그곳에서 어떠한 일이 벌어질지는 그 누구도 짐작하기 어려웠다.

"그래서? 이들이 전부란 말이야?"

페터슨이 괜히 라하트에게 짜증을 부렸다.

"네, 그렇습니다. 페터슨님."

라하트가 페터슨의 시선을 피하듯 냉큼 고개를 숙였다.

아베론 영지를 지키는 병사의 수는 총 100명이었다.

그들 중 20명은 교대로 외성벽과 관문을 지키고 있었다. 그리고 나머지 20명이 얼마 전부터 광산에 파견을 나간 상태였다.

아베론 영지의 총 병력을 생각한다면 60명도 많은 수였다.

그러나 오랜만에 군무 담당관으로서 제 역할을 다해보려던 페터슨은 시작부터 김이 빠져버렸다.

"어쩔 수 없지. 병사들을 이끌고 영주님의 농경지로 가서 대기하고 있어. 난 영주님과 함께 갈 테니까."

페터슨이 못마땅한 얼굴로 명을 내렸다.

그러자 라하트가 힘껏 고개를 끄덕이고는 병사들을 인솔하며 영주 직영 농경지로 향했다.

그사이 페터슨은 발걸음을 분주히 놀려 레이샤드의 집무실로 되돌아왔다.

"모든 준비가 끝났습니다. 영주님."

페터슨이 고개를 숙이며 보고했다.

"그럼 가죠."

레이샤드가 앞장서서 일행을 이끌었다.

2

영주 직영 농경지는 그야말로 장관이었다.

농경지를 뒤덮고 있는 푸른빛의 물결을 보고 있자니 꼭 추수를 앞둔 풍요로운 영지를 보는 듯했다.

"영주님, 먼저 하나를 뽑아 보십시오."

소식을 듣고 달려온 아돌프가 레이샤드를 보채듯 말했다.

본래 땅이 척박한 영지에서는 영주가 나서서 첫 씨를 뿌리거나 첫 수확물을 거두는 전통이 있었다.

"그럼 한번 뽑아 볼까요?"

레이샤드가 발치에 놓인 브리츠 교배종 앞에 무릎을 굽히고 앉았다.

그리고는 적당히 흙을 파낸 뒤에 줄기를 잡고 브리츠 교배종을 뽑아냈다.

그 순간 대지에 짙은 회색 빛깔의 구멍이 뻥 하고 뚫렸다.

한 달 전까지만 해도 시커멓기만 하던 대지의 마기가 확실히 줄어든 것이다.

"어디……!"

레이샤드는 그 옆에 있는 브리츠 교배종도 뽑아냈다.

마찬가지로 브리츠 교배종이 자라던 대지의 색이 짙은 회색빛으로 변해 있었다.

"아돌프 경! 이것 좀 봐요."

레이샤드가 감격에 겨운 얼굴로 말했다.

"확실히 이 식물들이 효과가 있나 봅니다!"

브론즈 남작가에 대한 의심을 완전히 거둔 아돌프도 레이샤드와 기쁨을 함께했다.

신이 난 레이샤드는 다른 쪽으로 가서 식물들을 뽑아 보았다. 그리고 식물이 뽑힌 자리를 확인했다.

약간씩 색깔에 차이가 있긴 했지만 하나같이 짙은 회색빛깔로 변해 있었다.

식물들이 마기를 흡수했다는 사실이 눈으로 확인될 정도였다.

레이샤드는 한껏 웃었다.

이제 이 식물들만 있으면 농경지를 회생시키는 것도 불가능한 일이 아니었다.

"영주님, 이제부터는 병사들을 시켜 수확하도록 하겠습니다."

영주인 레이샤드가 손에 흙을 묻히는 게 못마땅했던지 페터슨이 굵은 목소리로 말했다.

"그렇게 하세요."

레이샤드가 흔쾌히 고개를 끄덕였다.

자신의 손으로 성과를 확인하는 것도 즐거운 노릇이었지만 그보다는 수확이 끝난 뒤 달라져 있을 영주 직영 농경지의 모습을 보고 싶었다.

"일렬로 서서 조심스럽게 뽑도록 해. 식물들은 귀한 포션의 재료로 쓰일 테니까 조심하도록 하고."

페터슨이 레이샤드를 대신해 병사들을 독려했다.

병사들은 지시에 따라 식물들을 조심스럽게 뽑아냈다. 그럴수록 짙은 회색빛 대지가 점점 넓어져 갔다.

"영주님, 감축드립니다."

아돌프가 레이샤드에게 축하의 말을 전했다.

"고마워요, 아돌프 경. 그리고 라인하르트. 정말 고마워요. 이 모든 게 다 라인하르트의 공이에요."

레이샤드는 다시 라인하르트에게 공을 돌렸다.

다른 영주 같았다면 자신의 덕이라 자청했겠지만 레이샤드는 아랫사람의 공을 가로채고 싶지 않았다.

"제가 한 일이 뭐가 있겠습니까? 이게 다 영주님께서 영지를 아끼신 결과입니다."

졸지에 주목을 받게 된 라인하르트가 자신의 공을 다시 레이샤드에게 돌렸다. 그러자 레이샤드가 부끄러운 듯 얼굴을 붉혔다.

레이샤드를 중심으로 관리들과 마족들 사이에 화기애애한 분위기가 감돌았다. 그러는 동안에도 병사들의 수확은 계속 이어졌다.

비록 버려진 땅이라곤 하지만 영주 직영 농경지는 상당히 넓었다.

씨를 뿌리는 대만 한 나절이 넘게 걸렸다.

농경지를 가득 메운 식물들을 전부 수확하려면 적어도 이틀은 족히 걸릴 것 같았다.

"영주님, 일단 안으로 들어가시는 게 좋겠습니다."

수확을 시작한 지 두어 시간쯤 지나자 아돌프가 입성을 권했다.

이번 수확에 거는 레이샤드의 기대감을 모르는 바는 아니지만 그렇다고 수확이 끝날 때까지 지켜볼 수는 없는 노릇이었다.

"그렇게 하십시오, 영주님. 이곳은 제가 지키고 있겠습니다."

페터슨도 옆에서 한마디 거들었다.

레이샤드가 자리를 비켜 주어야 그도 마음 편히 병사들을 독려할 수 있을 것 같았다.

"알겠어요."

레이샤드가 아쉬운 얼굴로 고개를 끄덕였다.

마음 같아서는 수확이 끝날 때까지 함께 하고 싶었지만 영주 노릇이란 그리 호락호락한 게 아니었다.

레이샤드는 다시 집무실로 들어갔다. 그의 뒤를 엘리자베스와 아스타로트가 따랐다.

집무실에 도착한 레이샤드는 감정을 추스를 새도 없이 시험의 궁을 열었다.

후아아아앗!

이제는 익숙해진 시커먼 어둠이 레이샤드를 반겼다. 그 안으로 레이샤드가 들뜬 발걸음을 이끌었다.

3

페터슨의 독려 속에 식물들의 수확은 하루 반 만에 끝이 났다.

영주 직영 농경지는 누가 보더라도 짙은 회색빛이 완연하게 드러나 있었다.

그 모습은 아베론 영지의 땅은 하나같이 시커멓다고 여겨왔던 이들에게 신선한 충격이나 마찬가지였다.

들뜬 마음을 감추지 못하고 레이샤드는 관리들과 함께 달라진 영주 직영 농경지를 살펴보았다. 그리고 그 분위기를 몰아 곧바로 영주 회의를 소집했다.

"오늘은 마기를 흡수하는 식물들의 확대 재배에 대해 논의해 보고자 합니다."

상석에 앉은 레이샤드가 회의의 논제를 말했다.

그러자 아돌프를 비롯한 관리들이 한 목소리로 확대 재배를 찬성했다.

"이제는 영지의 다른 농경지에도 식물들을 재배하는 게 좋을 것 같습니다."

"제 생각도 같습니다. 다들 영주 직영 농경지를 보셨지 않습니까? 이대로 식물들을 꾸준히 재배하다 보면 정말로 아베론 영지에서 농사를 짓는 날이 올지도 모릅니다."

지금껏 관리들은 아베론 영지에 거는 희망이 없었다.

자고로 영지라 함은 기본적으로 농사가 뒷받침이 되어야 하는데 아베론 영지는 그러지 못했다.

그렇다 보니 내색하진 않았지만 다들 당장은 아니더라도 언제고 아베론 영지가 사라지게 될 것이라고 여겼다.

하지만 지금은 달랐다.

죽어버렸던 대지를 되살릴 방도가 생겼으니 하나같이 아베론 영지를 회생시킬 수 있다는 희망에 들떠 있었다.

"좋습니다. 그럼 다른 농경지에 식물을 재배하는 일은 모비드 경이 맡아서 해주세요."

레이샤드가 행정 담당 모비드에게 중임을 맡겼다.

"최선을 다하겠습니다. 영주님."

모비드가 깊숙이 고개를 숙였다.

그리고는 회의가 끝나기가 무섭게 곧바로 재배 계획을 세웠다.

아베론 영지는 본래 백작령의 규모로 건설이 되었다.

그리고 대다수의 농경지는 외성 밖 영지 외곽 쪽에 위치해 있었다.

외성 안쪽의 농경지는 엄밀히 말해 영주 직영 농경지였다.

하지만 100년 전 마법진이 설치되고 영지민들이 농경지를 상실하면서 영주 직영 농경지의 상당부분을 일반 농경지로 변경했다. 그리고 지금에까지 이어진 것이다.

라인하르트가 마법진을 변경한 덕분에 영지의 권역이 몇 배로 늘어나긴 했지만 아직까지 마법 결계는 아베론 영지의 외성을 크게 벗어나지 못하는 상황이었다.

그렇다 보니 농경지의 규모도 생각만큼 확장이 되지 않은 상태였다.

옛 영주 직영 농경지만 회복했을 뿐 실질적인 농경지는 극히 일부만 되찾은 정도였다.

산술적으로 놓고 봤을 때 권역 내의 농경지는 전체의 15%밖에 되지 않았다. 그리고 그중 80%는 본래 영주 직영 농경지였다.

"일단은 외성 내의 농경지들만 재배지로 정하는 게 좋겠어."

지도를 살피던 모비드가 고개를 끄덕였다.

외성 밖 농경지는 마법 결계와 맞닿아 있기 때문에 아무래도 불안한 감이 없지 않았다.

결국 식물들의 재배지로 결정된 것은 외성 안의 옛 영주 직영 농경지였다.

그리고 그 넓이는 현재의 영주 직영 농경지의 대략 20배 정도였다.

"지금 영지에 동원 가능한 영지민이 얼마나 되지?"

모비드는 지난달에 조사해 놓은 영지의 인구 표를 살폈다.

아베론 영지의 총 인구는 1,048명이다.

그중 아베론 성에 머무는 인구가 영주 일가를 포함 12명이었다. 그리고 관리들과 그의 가족들을 더한 인구가 26명이었다.

남은 1,000명 중 나이가 많거나 적어 노동이 어려운 이가 350명에 달했다.

그리고 100명은 병사로 차출되어 아베론 영지를 지키고 있으며 150명은 광부로 광산 개발에 몰두하고 있었다.

이 인구들을 전부 제외한 인구가 400명. 이들로 영주 직영지의 20배가 넘는 농경지를 재배해야 했다.

"영주님의 농경지에서 식물들을 수확하는 데 병사 60명으로 거의 이틀이 걸렸다고 했지?"

모비드는 빠르게 셈을 시작했다.

경작을 할 인구수는 거의 7배인 반면 농경지는 20배로 늘었다.

당연히 재배 시일은 3배 정도 늘어날 수밖에 없었다.

"좋아. 그렇다면……."

모비드는 경작지를 다시 셋으로 나눴다.

그리고 순차적으로 씨를 뿌리고 수확을 하는 것으로 결정을 내렸다.

모비드는 관련 사항을 정리해 레이샤드에게 보고서를 올렸다.

모비드가 워낙 꼼꼼하게 계획을 세워 놨기 때문에 레이샤드는 흔쾌히 고개를 끄덕였다.

최종 결제가 나자 모비드는 노동이 가능한 영지민들을 불러 모았다.

일거리를 준다는 말에 영지민들은 어린 자식들까지 데리고 아베론의 내성 앞으로 모여들었다.

"다들 여길 보십시오. 지금부터 농경지에 이 식물을 재배할 생각입니다. 시키는 대로 파종을 하고 제대로 수확을 하면 결과에 따라 수당을 지급하겠습니다. 그러니 일을 하고 싶은 사람은 이쪽으로 줄을 서십시오."

모비드의 말에 영지민들은 한 명도 빠짐없이 줄을 섰다.

"자, 받으세요."

"흘리면 안 됩니다!"

병사들은 모비드를 대신해 영지민들에게 교배종의 씨앗을

나눠주었다.

그사이 모비드는 목소리를 높여 파종법을 설명해 나갔다.

"소문을 들어서 알겠지만 이 식물들은 땅 속에 스며든 마기를 먹고 자랍니다. 그러니까 특별히 물을 준다거나 거름을 줄 필요는 없습니다. 그저 땅에 뿌리고 잘 파고들도록 손이나 발로 꾹꾹 눌러주면 됩니다. 아시겠죠?"

모비드가 시범까지 보이자 영지민들은 하나같이 고개를 끄덕였다.

말이 파종법이지 그냥 뿌려놓고 방관하라는 말이나 다름없었다.

"자, 씨앗을 받은 분들은 농경지로 가보십시오. 가보시면 구역이 나누어져 있을 겁니다. 그곳에서 한 구역씩 맡아서 씨를 뿌리십시오."

모비드가 손뼉을 치며 영지민들을 독려했다.

씨를 받은 영지민들은 마치 경쟁하듯 농경지로 달려갔다.

그렇게 시커멓게 물들었던 농경지에도 파종이 시작되었다.

같은 시각.

골드마크는 초대를 받고 몰려든 상단들 앞에서 포션의 효과를 선보이고 있었다.

라인하르트는 영주 직영지의 재배 결과 포션당 1,000병 정도의 생산이 가능할 것이라고 말해주었다.

마기 제거 포션의 경우 2,000병까지 생산이 가능했지만 그것은 아베론 영지에서나 통용될 만한 것이기 때문에 상품화시키긴 어려웠다.

만일 한 달 후에 영지의 모든 농경지에서 교배종들의 재배가 이루어진다면 포션당 2만 1천 병의 생산이 가능해진다.

그래서 본격적으로 포션이 생산되기 전에 거래처를 알아보기 위해 골드마크가 나선 것이다.

골드마크는 아베론 영지를 오가는 상단들을 포함해 북부 대륙에서 이름난 상단에게 빠짐없이 초대장을 보냈다.

획기적인 포션이 있으니 관심이 있으면 영지를 찾아와 달라고 말이다.

하지만 아베론 영지의 궁핍한 사정 때문일까. 초대에 응한 상단은 고작 다섯 곳에 불과했다.

포인트 상단, 노아드 상단, 페롤 상단, 쥬어스 상단, 헬로스 상단.

그중 포인트 상단과 노아드 상단, 페롤 상단은 오래 전부터 아베론 영지를 오간 상단이었다.

그리고 귀금속을 전담하는 쥬어스 상단은 지난번 진금 거래로 안면을 튼 사이였다.

반면 헬로스 상단은 상단의 창설 이래 처음으로 아베론 영지를 방문한 경우였다.

“처음 뵙겠습니다. 헬로스 상단의 마키슨이라 합니다.”

헬로스 상단의 부상단주 마키슨이 공손히 고개를 숙였다.

대륙에서도 이름 높은 상단의 부상단주라면 준귀족에 버금가는 대접을 받는 편이었다.

그러나 마키슨은 다른 상단의 상인들보다도 더욱 몸을 낮추었다. 마치 자신을 잘 보아 달라고 아부하듯 말이다.

“어서 오십시오. 아베론 영지의 골드마크입니다. 이번에 레이샤드 영주님으로부터 포션 거래에 관한 전권을 위임받았습니다.”

골드마크가 제법 거창하게 자신을 소개했다. 자연스럽게 상인들의 눈에 관심이 어렸다.

“제가 여러분께 오늘 소개해 드릴 포션은 총 세 가지입니다. 그리고 이게 그중 첫 번째 포션입니다.”

골드마크는 처음으로 붉은색이 감도는 치료 포션을 꺼냈다.

붉은색 포션은 대부분 치료나 재생에 효과가 있는 편이기 때문에 상인들은 어렵잖게 그 효능을 짐작했다.

현재 시중에 유통되고 있는 치료 포션은 크게 세 종류였다.

하나는 성수를 바탕으로 치료 성분이 가미된 신전의 치료 포션.

다른 하나는 마나수를 바탕으로 마탑에서 제조한 마법 치료 포션.

마지막으로 치료사들이 자체 개발한 치료 포션.

이 중 대륙에서 가장 인기가 높은 것은 마법 치료 포션이었다.

효과는 일시적이지만 가장 광범위하게 이용할 수 있기 때문이었다.

'색이나 점도를 보아하니 마법 포션이로군.'

포션만 전문적으로 거래해 온 마키슨은 단번에 포션의 정체를 알아챘다. 그리고 속으로 빠르게 계산을 시작했다.

북대륙에서 유통되는 최하급 치료 포션의 가격은 5실버였다.

그러나 그것으로는 가벼운 감기나 복통 정도나 치료가 가능했다.

그에 비해 최소한의 응급 처치가 가능한 하급 치료 포션은 20실버였다.

실질적인 치료용이다 보니 최하급 치료 포션에 비해 가격이 4배나 비쌌다.

중급 치료 포션은 다시 3배가 뛰어 오른 60실버였다.

그리고 상급 치료 포션은 중급 치료 포션에서 5배가 뛴 3골드였다.

황족이나 왕족, 대귀족들만 애용한다는 최상급 치료 포션은 부르는 게 값이었다. 그러나 일반적으로 20골드 내외에서 거래되고 있었다.

'획기적인 포션이라고 했으니 대략 중급에서 상급 사이겠지. 그렇다면 결국 가격이 중요할 테고.'

마키슨은 눈앞의 포션의 수준을 상당히 낮춰 잡았다.

아베론 영지에서 능력 있는 마법사를 영입했다는 소식을 듣긴 했지만 포션 마법 전문 마법사가 아닌 이상에야 최상급 포션을 만들어내지는 못할 것이라고 단정 지었다.

하지만 그것도 잠시.

골드마크의 효능 시연이 시작되면서 마키슨의 표정이 달라졌다.

"잘 보시기 바랍니다."

골드마크는 단검으로 자신의 팔을 길게 찢었다.

순간 자리한 상인들의 입에서 비명이 터져 나왔다. 골드마크가 실성했다고 생각한 것이다.

길게 찢어진 상처 너머로 뼈가 보였다.

얼핏 신경이 잘려 나간 것도 같았다.

이 정도 상처라면 최상급 치료 포션을 들이부어도 어려웠다. 최악의 경우 팔을 못 쓰게 될 수 있었다.

하지만 골드마크는 느긋하게 웃으며 미리 열어놓았던 라

인하르트의 치료 포션을 부었다.

그 순간 묘한 거품이 일더니 흘러내리던 피가 멈추기 시작했다.

"잘 보십시오. 이제부터가 진짜입니다."

골드마크는 씩 웃으며 반대편 손으로 상처 부위를 쓱 하고 문질렀다.

순간 상인들은 또다시 경악성을 내질렀다.

상처에 소독도 되지 않은 손을 함부로 문대다니. 자칫 잘못했다간 상처가 터지거나 덧날 수 있었다.

그러나 골드마크의 팔은 멀쩡했다.

놀랍게도 길게 찢겼던 상처가 눈 깜짝할 사이에 사라져 버렸다.

"허……!"

"이, 이게……!"

포션의 효능을 지켜 본 상인들은 하나같이 할 말을 잃었다.

그중에서도 마키슨은 충격에서 헤어 나오지 못하고 있었다.

'최, 최상급 포션이다! 아니, 기존의 최상급 포션을 뛰어넘는 최고의 포션이다!'

포션 전문 상인이다 보니 마키슨은 가장 먼저 치료 포션의 진가를 알아챘다.

지금껏 적잖은 최상급 포션들을 거래해 왔지만 골드마크가 선보인 포션처럼 상처를 말끔히 치료하는 포션은 본 적이 없었다.

게다가 이 포션은 단순한 마법 포션이 아니었다.

순식간에 상처를 아물게 하는 건 분명 마법적인 힘이었다.

하지만 지혈과 동시에 내부의 상처까지 치료한 것은 치료사들이 만든 포션에서나 가능한 것이었다.

"복합…… 포션입니까?"

마키슨이 떨리는 목소리로 물었다.

"바로 보셨습니다."

골드마크가 씩 웃어 보였다.

마키슨은 또다시 경악했다.

지금껏 수많은 마법사와 치료사가 복합 포션을 만들기 위해 노력해 왔지만 제대로 된 포션을 만들어내지 못한 상황이었다.

그런데 아베론 영지에서 최상급 복합 포션을 개발했다.

그 사실이 갖는 파급력이란 이루 형용할 수가 없을 정도였다.

"원하시는 건 무엇이든 들어 드리겠습니다. 그러니 제발 저희 상단과 계약해 주십시오."

마키슨이 다급한 목소리로 말했다.

다른 상인들이 선수를 치기 전에 먼저 고개를 숙인 것이다.

만약 이 거래가 성사된다면 포션 거래 상단 중에 세 번째의 위치를 차지했던 헬로스 상단의 입지는 단숨에 대륙 최고로 뛰어오르게 될 터였다.

골드마크도 내심 헬로스 상단과 거래를 하기 바랐다.

여러 가지 상황을 고려했을 때 포션 전문 상단인 헬로스 상단만 한 곳은 없다고 판단했다.

일단 쥬어스 상단은 포션 쪽에 독자적인 유통망이 없었다.

결국 다른 상단에게 포션을 판매하는 중간 상인 역할밖에 할 수 없는데 그랬다간 괜히 유통 과정만 번거로워질 뿐이었다.

포인트 상단과 노아드 상단, 페롤 상단도 마찬가지였다. 상단의 규모는 크지만 포션을 중점적으로 다루는 곳이 아니었다.

반면 헬로스 상단은 오직 포션만을 유통해 온 이름난 상단이었다.

이곳이라면 아베론 영지가 우월한 위치에서 장기적으로 거래를 할 수 있었다.

"그 말씀, 책임지실 수 있겠습니까?"

골드마크가 넌지시 물었다.

"물론입니다. 제 이름을 걸고 약속합니다."

마키슨의 얼굴에 희망의 미소가 번졌다.

제21장

변화의 조짐 Part 3

1

"이번 포션 거래를 저희 헬로스 상단에 양보해 주신다면 나중에 어떻게든 보답하도록 하겠습니다."

마키슨은 다른 상인들에게 먼저 양해를 구했다.

이번 포션 거래에 헬로스 상단의 사활이 걸려 있었다. 그렇다면 어떻게든 독점 거래권을 차지해야 했다.

만일 여러 상단들이 끼어들어 거래를 트려 한다면 공급 물량이 줄어들 수밖에 없었다.

다른 상단과 경쟁을 통해 무리하게 독점을 하려 한다면 그만큼 포션의 단가가 올라가게 될 것이다.

골드마크가 내놓은 포션이 실로 놀랍긴 했지만 마키슨은 뼛속부터가 상인이었다.

지나친 경쟁으로 인해 수익성이 떨어지는 건 사양이었다.

상단은 엄밀히 말해 이익 단체였다. 적정 이익을 낼 수 없다면 거래를 할 이유가 없었다.

그래서 마키슨은 슬쩍 겁을 주었다.

헬로스 상단과 끝까지 경쟁하려거든 상당한 출혈을 감수해야 할 것이라고 말이다.

"헬로스 상단에서 그렇게까지 말씀하신다면 저희 쥬어스 상단은 빠지겠습니다."

잠시 분위기를 살피던 쥬어스 상단이 가장 먼저 발을 뺐다.

어차피 쥬어스 상단은 혹시라도 있을 귀금속 거래 때문에 아베론 영지를 방문한 것이었다.

포션의 효능이 뛰어나긴 했지만 당장 그것을 유통할 만한 능력은 없었다.

"노아드 상단도 헬로스 상단에게 양보하겠습니다."

"페롤 상단도 마찬가지입니다."

대륙 북부의 대상단인 노아드 상단과 페롤 상단도 물러섰다.

포션이 탐이 나긴 했지만 그 진가를 제대로 파악하지 못하고 아베론 영지에 온 탓에 가격 경쟁을 감당할 만한 재정을 확보하지 못한 상태였다.

"포인트 상단은 어떻게 하시겠습니까?"

마키슨이 마지막으로 포인트 상단을 압박했다.

"보상에 대한 약속은 확실한 겁니까?"

포인트 상단이 넌지시 물었다.

표정을 보아하니 적당한 보상만 이루어진다면 얼마든지 입찰을 포기하겠다는 반응이었다.

포인트 상단이 북부 대륙에서 이름난 상단이긴 하지만 종합 상단이다 보니 포션만 전문적으로 거래하는 헬로스 상단과 포션으로 경쟁하기란 부담스러운 게 사실이었다.

솔직히 가격은 둘째치고 유통적인 부분에서 헬로스 상단의 상대가 되기 어려웠다.

같은 가격이라면 골드마크는 분명 포인트 상단보다 헬로스 상단을 선택할 것이다.

결국 포인트 상단이 포션의 유통 권한을 얻기 위해서는 헬로스 상단 이상의 입찰 금액을 써내야 했다.

하지만 그것이 말처럼 간단한 일은 아니었다.

무엇보다 마키슨이 저토록 의욕을 보이는데 섣불리 경쟁을 했다가 체면조차 차리지 못하게 될 수 있었다.

"포인트 상단은 물론이고 여기 계신 상단의 대리인들께 약속드립니다. 제 이름을 걸고 여러분이 만족하실 만한 보상을 해 드리겠습니다. 그러니 그 점은 염려하지 않으셔도 됩니다."

마키슨이 다시 한 번 확답을 했다.

그제야 포인트 상단이 만족하는 얼굴로 고개를 끄덕였다.

경쟁을 포기한 다른 상단의 대표들은 하나둘씩 회의실을 빠져 나갔다. 그리고 회의장에는 골드마크와 마키슨만이 남았다.

마키슨은 애써 숨을 골랐다.

그러면서 속으로 웃음을 감추지 못했다.

경쟁자들이 전부 사라졌으니 그래도 최소한의 출혈로 아베론 영지의 포션들을 구매할 수 있다고 생각했다.

하지만 골드마크는 그리 호락호락한 상대가 아니었다.

"헬로스 상단만 입찰에 참여한다고 해서 너무 안심하지 않으셨으면 좋겠습니다."

골드마크가 먼저 엄포를 놓았다.

가격이 맞지 않는다면 언제든지 협상을 뒤엎을 수 있다는 일종의 경고였다.

"물론입니다. 조금 전에 말씀드렸듯 아베론 영지에서 원하시는 조건은 무엇이든 수용하겠습니다. 그러니 부디 아베론 영지에서 생산되는 포션에 대한 독점권을 허락해 주십시오."

마키슨이 바짝 몸을 낮췄다.

잘 만하면 포션 유통 시장의 질서를 새로 세울 수 있는 절호의 기회였다.

이 기회를 놓치고 싶지 않았다.

"거래에 앞서서 나머지 포션도 보여드리고 싶습니다만 괜찮으시겠습니까?"

골드마크가 다른 두 개의 포션을 마저 꺼내놓았다.

치료 포션의 놀라운 효과에 이미 홀딱 빠져버린 터라 마키슨은 흔쾌히 고개를 끄덕였다.

"이건 흥분을 유발시키는 포션입니다."

골드마크가 보라색 포션을 집어들며 말했다.

"그러니까 사랑의 포션이란 말입니까?"

마키슨이 업계에서 통하는 은어를 썼다.

흥분제는 사람들 사이에서는 흥분제보다는 사랑의 포션이라는 표현으로 대용되곤 했다.

"일반적인 사랑의 포션과는 그 효과가 다를 겁니다. 지속시간이 길 뿐만 아니라 부작용이 전혀 없습니다."

"그, 그게 정말입니까?"

"하하. 이미 영지 내부에서 실험까지 마친 상태입니다."

골드마크가 흥분제에 대해 설명했다.

그럴수록 마키슨은 자신도 모르게 연신 마른침만 삼켜댔다.

지금껏 마키슨은 홍분제에 별다른 관심을 갖지 않았다.

홍분제 자체가 가진 긍정적인 효과를 무시할 수 없지만 그보다는 부정적인 인식이 강한 탓이었다.

그러나 골드마크가 내놓은 포션은 달랐다.

효과는 높이면서 부작용은 낮춘 포션.

어찌 보면 진정한 의미의 사랑의 포션을 만든 것인지도 몰랐다.

'효과를 어찌 확인해 보지?'

마키슨은 뜨거워진 눈으로 포션을 바라봤다.

마음 같아선 직접 홍분제를 마시고 그 효과를 체험해 보고 싶을 정도였다.

하지만 애석하게도 아베론 영지에는 사창가가 존재하지 않았다.

마키슨이 포션의 효과를 확인할 방법도 없을 뿐만 아니라 골드마크 역시 그 효과를 보란 듯이 입증시킬 수가 없었다.

그렇다고 홍분제의 거래를 미룰 수도 없는 노릇이었다.

골드마크가 선보인 치료 포션은 기적이라는 표현 이외에는 설명이 되지 않을 만큼 대단한 효과를 보였다.

그토록 엄청난 포션을 개발한 마법사가 만들어낸 홍분제라면?

그 효과는 상상 이상일 터였다.

'결국 가격이란 말인데…….'

판단을 마친 마키슨은 부지런히 머리를 굴렸다.

일반적으로 대륙에 유통되고 있는 홍분제의 가격은 최하급 포션이 1실버, 하급 포션이 3실버, 중급 포션이 10실버로 치료 포션에 비해 높지 않았다.

하지만 귀족들이 애용하는 상급 포션 이상은 달랐다.

상급 포션의 경우 1골드 내외에서 거래가 되고 있으며 최상급 포션은 무려 10골드를 상회하는 것도 있었다.

만일 골드마크가 내놓은 홍분제가 치료 포션처럼 기존의 홍분제를 뛰어넘는 효능을 보인다면 그 가격은 10골드를 가볍게 뛰어넘을 것이다.

자연스럽게 포션의 유통을 담당하는 헬로스 상단도 적잖은 수익을 남기게 될 것이다.

"저건 무엇입니까?"

잠시 고심하던 마키슨이 세 번째 포션 쪽으로 눈을 돌렸다.

무색의 무미건조한 포션이긴 했지만 골드마크가 변변치 않은 포션을 가지고 왔다고 생각되지 않았다.

아니나 다를까.

"이 포션은 마나 회복제입니다."

"마나…… 회복제요?"

"네, 말 그대로 일시적으로 마나를 회복시켜주는 마법 포션입니다."

골드마크의 설명에 마키슨은 입이 쩍 벌어졌다.

경이로운 치료 포션을 내놓았을 때 어느 정도 예상은 했지만 설마하니 마나를 회복시킬 수 있는 포션을 개발했을 것이라고는 생각지도 못한 얼굴이었다.

물론 대륙에도 비슷한 효능을 보이는 포션들이 존재했다.

하지만 그것들은 시장에서 철저히 외면을 받는 상황이었다.

쓸데없이 비싼 가격에 비해 그 효능이 형편없었기 때문이다.

"제가 한 번 마셔 봐도 되겠습니까?"

마키슨이 넌지시 청했다.

시중에 유통되는 것과 효능이 어떻게 다른지 확인하는 길은 직접 복용해 보는 것뿐이었다.

"물론입니다."

골드마크가 선뜻 마나 회복제를 내밀었다.

"그럼 잠시……."

애써 숨을 고른 뒤 마키슨이 조심스럽게 마나 회복제를 들이켰다.

그 순간, 몸 안에 청아한 마나의 기운이 차오르는 게 느껴졌다.

'대, 대단하다!'

마키슨은 눈을 번쩍 떴다.

지금껏 수많은 아류 포션을 마셔봤지만 이 포션처럼 만족감을 주는 경우는 단 한 번도 없었다.

"이것도 판매가 가능합니까?"

마키슨이 격앙된 목소리로 물었다.

"세 포션 전부 시범적으로 1천 병씩 만들어놓은 상태입니다."

골드마크가 당연하다며 고개를 끄덕였다.

마키슨은 애써 흥분을 가라앉혔다.

치료 포션과 마나 회복 포션은 물론이고 아직 그 효과를 확인해 보지 못한 흥분제까지 전부 마음에 들었다.

문제는 가격이다.

골드마크의 비위를 맞춰 주기 위해 어떤 조건이든 수용하겠다는 뜻을 밝히긴 했지만 그렇다고 해서 너무 터무니없는 가격에 구매할 수는 없는 노릇이었다.

그런 마키슨의 속마음을 읽은 듯 골드마크가 슬쩍 눈웃음을 흘렸다.

마음 같아서는 마키슨과 헬레나 상단의 등골까지 전부 빨아먹고 싶었다.

하지만 엘리자베스는 중간계에 통용되는 상식적인 수준에

서 포션 거래를 마치라고 지시를 내렸다.

헬레나 상단이 손해를 만회하기 위해 무리하게 포션 가격을 조정할 경우 그에 따른 비난이 고스란히 아베론 영지로 향할 수 있기 때문이었다.

모든 준비가 끝난 상황이라면 모르겠지만 아베론 영지는 이제 성장의 첫발을 내딛은 상태였다.

이런 때에 대륙의 부정적인 시선을 받아 봐야 좋을 게 하나 없었다.

'아쉽긴 하지만 어쩔 수 없지.'

골드마크는 치미는 욕심을 억눌렀다. 그리고 인자해진 얼굴로 마키슨을 바라봤다.

"그럼 이제부터 포션의 단가에 대해 이야기를 해볼까요?"

골드마크가 가장 먼저 치료 포션을 내놓았다.

마키슨은 다시 한 번 마른침을 꿀꺽 삼켰다.

눈앞의 치료 포션은 다른 설명이 필요 없었다.

골드마크가 선보인 효능 시연만 놓고 보자면 최상급 치료 포션을 뛰어넘었다 해도 과언이 아니었다.

대륙에 유통되는 최상급 치료 포션의 평균적인 판매가는 20골드.

하지만 유통비와 이익을 고려했을 때 최대 구매가는 12골드 남짓이었다.

"12골드면 어떻겠습니까?"

마키슨이 일반적인 상식선에서 흥정을 시작했다.

그러자 골드마크가 피식 웃더니 포션을 있는 힘껏 바닥에 내던졌다.

고급 포션을 담은 유리병은 어지간한 충격에도 잘 견딜 수 있도록 마법이 새겨져 있었다.

하지만 골드마크는 최고위 마족이었다. 가볍게 마력을 실는 것만으로도 포션은 바닥에 부딪쳐 산산조각이 났다.

"앞으로 제안이 마음에 들지 않으면 포션을 하나씩 깨뜨리는 것으로 하겠습니다."

골드마크의 협박에 마키슨은 다시 마른침을 삼켰다.

적어도 수 골드의 이익을 남길 수 있는 포션이 눈앞에서 사라졌으니 속이 탈 수밖에 없었다.

"그, 그렇다면 13골드는 어떻습니까?"

마키슨이 슬쩍 1골드를 올려 불렀다. 그러자 골드마크가 다시 치료 포션을 집어 들었다.

"아, 아닙니다! 15골드! 15골드로 하겠습니다!"

마키슨이 냉큼 소리쳤다.

15골드라면 유통비와 이익을 고려해 최소 25골드 정도에 판매가 되어야 했다.

아베론 영지의 치료 포션의 효과가 아무리 뛰어나다 하더라도 시중가보다 20%나 비싸면 판매하기가 어려웠다.

하지만 이번에도 골드마크는 망설이지 않고 치료 포션을 바닥에 내동댕이쳤다.

파각!

유리병이 산산이 부서지면서 붉은 치료 포션이 바닥을 적셨다.

"2, 20골드로 하겠습니다!"

정신이 없어진 마키슨은 자신이 부를 수 있는 최고 가격을 제시했다.

그제야 골드마크가 만족한다는 듯 고개를 끄덕거렸다.

"포션들은 여분으로 몇 병 더 만들어 놓았으니 그렇게까지 놀라실 건 없습니다."

골드마크가 짓궂게 말했다.

하지만 눈앞에서 값비싼 포션들이 깨져 나가는 모습을 본 마키슨은 잔뜩 긴장한 표정이었다.

"그럼 흥분제는 어떻게 하시겠습니까?"

골드마크가 다시 보라색 포션을 내밀었다.

"제, 제가 제시할 수 있는 최대 금액은 10골드입니다."

마키슨이 떨리는 목소리로 말했다.

골드마크의 성격을 두 눈으로 확인한 탓에 감히 흥정을 할 엄두조차 내지 못했다.

"10골드라. 조금 아쉽긴 하지만 그렇게 하지요."

골드마크가 가볍게 웃음을 흘렸다. 이제야 말이 통한다는 표정이었다.

골드마크는 마지막으로 마나 회복 포션을 내밀었다. 그러자 마키슨이 다시 마른침을 꿀꺽 삼켰다.

치료 포션이나 흥분제는 대륙에서 유통되는 평균 가격이라는 게 있었다.

그래서 마키슨도 아베론 영지가 개발한 포션에 값을 매길 수 있었다.

하지만 마나 회복 포션은 다르다.

제대로 된 마나 회복 포션이라는 게 존재하지 않다 보니 얼마를 불러야 할지 감이 오지 않았다.

"원하시는 금액을 말씀해 주십시오."

마키슨이 먼저 말을 꺼냈다.

금액을 가지고 고민하는 것보다는 골드마크가 제안하는 가격을 받아들이는 편이 나을 것 같았다.

"1골드 정도면 어떻겠습니까?"

잠시 고심하던 골드마크가 비교적 낮은 금액을 제안했다.

"그 금액으로 괜찮으시겠습니까?"

마키슨이 예상 밖이라는 얼굴로 물었다. 그러자 골드마크가 가볍게 웃어 보였다.

"헬로스 상단도 이익을 남겨야 하지 않겠습니까?"

골드마크의 말에 마키슨의 표정이 밝아졌다.

설마하니 골드마크가 헬로스 상단을 배려해 줄 것이라고는 생각지도 못했다는 반응이었다.

하지만 골드마크도 무작정 호의를 베푼 것은 결코 아니었다.

라인하르트가 만든 마나 회복 포션은 치료 포션이나 흥분제만큼이나 효능이 뛰어났다.

하지만 애석하게도 아직 시장이 형성되지 않은 상태였다.

그렇다 보니 초기에 지나치게 높은 가격을 측정할 경우 대륙에 유통되기도 전에 외면 받을 가능성이 높았다.

그래서 골드마크는 마나 회복 포션의 단가를 파격적으로 낮추어 헬로스 상단이 더욱 사활을 걸게 만들었다.

그리고 마나 회복 포션 시장이 형성되면 그때는 독자적인 판매를 진행할 생각이었다.

골드마크는 헬로스 상단과 평생 손을 잡을 마음이 없었다.

헬로스 상단은 대륙의 불필요한 간섭과 오해를 피하기 위한 일종의 바람막이에 불과했다. 때가 되면 훌훌 벗어던질 생각이었다.

그런 줄도 모르고 마커스는 골드마크를 생명의 은인처럼 여겼다.

치료 포션과 흥분제의 구매 단가가 높은 탓에 출혈이 컸는데 마나 회복 포션을 통해 어느 정도 만회가 될 것이라고 생각한 것이다.

"그렇게만 해주신다면 이번 대금을 현금으로 지급하겠습니다."

마커스가 즉석에서 고마움을 표했다.

보통 대규모 거래의 경우 현금보다는 수표를 사용하는 게 일반적이었지만 이번 거래는 그 양이 많지 않은 만큼 전액 현금으로 결재해도 부담스럽지 않을 것 같았다.

"그럼 계산을 해 보지요."

골드마크가 씩 웃었다. 그리고는 빠르게 거래 확인서를 작성했다.

치료 포션의 단가는 병당 20골드, 흥분제는 10골드이며 마나 회복 포션은 1골드로 책정이 되었다. 그리고 각 병당 1천병씩 생산이 완료된 상태였다.

"총 3만 1천 골드군요."

골드마크가 금액란에 3만 1천이란 금액을 적어넣었다. 그리고 거래 확인서를 마커스에게 내밀었다.

"확인했습니다."

마커스가 하단에 이름을 적고 서명을 했다.

그리고 마지막으로 손에 끼고 있던 헬로스 상단의 인장을 찍었다.

다시 거래 확인서를 돌려받은 골드마크도 하단에 이름을 적고 서명을 했다.

마지막으로 레이샤드에게서 받은 아베론 영지의 인장을 찍었다.

"헬로스 상단을 믿고 맡긴 거래입니다. 부디 좋은 결과가 있었으면 좋겠습니다."

골드마크가 손을 내밀었다.

거래를 끝마치고 악수를 나누는 건 상인들의 오랜 관습이었다.

"맡겨만 주십시오. 실망시켜 드리지 않겠습니다."

마커스가 골드마크의 손을 맞잡았다.

그렇게 시범적으로 제작된 3천 병의 포션에 대한 거래가 무사히 끝이 났다.

2

포션의 거래 사실은 곧바로 레이샤드에게 보고되었다.

"그렇게나 많이요?"

레이샤드는 거래 대금이 무려 3만 1천 골드라는 사실에 놀람을 감추지 못했다.

아베론 영지의 한 해 운영비는 3천 골드에 지나지 않았다. 그것도 세 왕국에서 중복으로 받은 영지 지원금이 전부였다.

그런데 라인하르트가 만든 포션을 팔아 단숨에 그 10배를 벌어들였다.

그것도 시범적으로 생산한 포션만으로 말이다.

현재 아베론 영지는 농경지 전체에 교배종들이 재배되는 상태였다. 그리고 그 규모는 영주 직영 농경지의 20배에 달했다.

그 말은 앞으로 추가적으로 생산할 수 있는 포션이 최대 20배가 된다는 의미였다.

그 수익을 단순히 산술적으로 계산해도 65만 1천 골드다. 그 정도면 어지간한 백작령의 한 해 세입을 뛰어넘는 금액이었다.

더욱이 교배종들은 생장 속도가 무척이나 빨랐다.

씨를 뿌리고 한 달만 놔두면 상품화가 가능할 정도로까지 성장했다.

한 달에 한 번씩 식물들을 수확해 그것으로 포션을 만든다. 그리고 그 포션을 상단에 내다 팔아 막대한 이득을 챙긴다.

그저 생각만으로도 레이샤드는 흥분을 감추지 못했다.

"이대로라면 우리 영지, 금방 부유해지겠는데요?"

레이샤드가 들뜬 얼굴로 말했다.

지난번 금덩어리를 판매하면서 얻은 1만 골드에 이어 포션 판매 대금 3만 1천 골드까지 올 한해 예상치 못한 수익만 해도 벌써 4만 골드가 넘어섰다.

하지만 엘리자베스는 아직 만족하지 못한 얼굴이었다.

솔직히 말해 아베론 영지의 수익 구조는 아직 일개 영지 수준을 크게 벗어나지 못한 상황이었다.

그것만으로는 크로노스 왕국을 재건하겠다는 꿈을 이루기가 어려웠다.

"레이, 꿈을 크게 가져요. 언제까지 아베론 영지만 바라보고 있을 수는 없잖아요. 안 그래요?"

엘리자베스가 레이샤드에게 넌지시 충고했다.

지금까지는 아베론 영지조차 제대로 건사하지 못하는 처지였지만 앞으로는 달라질 것이다.

그때에도 아베론 영지밖에 보지 못한다면 더 이상의 성장은 기대하기 어려웠다.

레이샤드는 묵묵히 고개를 끄덕였다.

엘리자베스가 말하는 꿈이 어떤 꿈인지는 모르겠지만 요새 들어 조금씩 욕심이 나는 게 사실이었다.

예전에는 아베론 영지를 지키는 게 유일한 목표였다.

하르베스 폐황태자가 물려준 영지를 조금이나마 잘살게 만드는 게 자신의 임무라고 여겼다.

하지만 지금은 달랐다.

많은 이의 도움으로 아베론 영지가 하루가 다르게 성장하는 모습을 보고 있자니 자신도 아베론 영지에 걸맞은 영주가 되고 싶어졌다.

어떻게 하면 아베론 영지에 걸맞은 영주가 될 수 있는지에 대해서 레이샤드는 진지하게 고민 중이었다.

그런데 엘리자베스의 조언 속에서 해답을 찾은 기분이었다. 지금보다 더 큰 꿈을 꾼다면 가능할 것도 같았다.

"꿈을 크게 가져라……."

레이샤드가 나직이 중얼거렸다. 자연스럽게 그의 입가로 즐거운 미소가 번졌다.

3

대륙에서 아베론 영지로 들어오는 길은 하나뿐이었다.

예전에는 남쪽과 동쪽, 서쪽에 길이 있었지만 아베론 영지가 봉쇄된 이후로는 남쪽 길만 남아 있었다.

아베론 영지 외성 밖에는 남쪽 길을 지키는 초소가 하나 설치되어 있었다.

초소를 지키는 병사들은 외부인들이 함부로 아베론 영지에 들어가지 못하도록 감시했다.

아베론 영지가 일종의 위험 지역이다 보니 외지인들의 출입을 자제시키는 것이었다.

하지만 실제 병사들의 역할은 초소를 지키는 것뿐이었다.

아베론 영지에 대한 소문이 워낙 좋지 않다 보니 실제로 아베론 영지에 들어서려는 이들은 손에 꼽힐 정도였다.

아베론 영지의 입성을 요청하는 이들도 대부분 상인이거나 아베론 영지에 친인척을 둔 경우였다.

실제 외지인은 손에 꼽힐 정도였다. 그렇다 보니 병사들도 열성적으로 근무에 임하진 않았다.

그런데 오늘은 이른 아침부터 세 명의 외지인이 초소에 모습을 드러냈다.

"제로크, 아침부터 손님인데?"

외지인을 발견한 병사 카론이 꾸벅꾸벅 졸고 있던 제로크를 깨웠다.

그러자 제로크가 크게 하품을 하고는 졸린 눈으로 앞쪽을 바라봤다.

카론의 말처럼 초소 앞에는 로브를 뒤집어쓴 세 명의 손님이 서 있었다.

"아는 얼굴이야?"

카론이 제로크를 바라보며 물었다.

"아니, 처음 보는 얼굴들인데."

외지인의 얼굴을 살피던 제로크가 고개를 흔들었다.

제로크는 초소에서만 10년 넘게 근무한 병사다.

그가 처음 본다는 건 아베론 영지를 정기적으로 드나드는 이들이 아니라는 의미였다.

"상인인가?"

"옷차림새로 봐서는 아닌 거 같은데? 로브 차림이잖아?"

"그럼 정말 마법사라도 된다는 말이야?"

"말이 그렇다는 거지. 아무튼 네가 가서 알아 봐."

제로크가 카론의 등을 떠밀었다. 그는 늘 귀찮은 일이 생기면 카론에게 떠넘기는 편이었다.

"어떻게 오셨습니까?"

카론이 마지못해 외지인들을 맞았다.

"아베론 영지에 볼일이 있어서 왔네."

가장 연장자로 보이는 중년 사내가 나서며 말했다.

"이곳에 오시는 분들은 하나같이 아베론 영지에 볼일이 있는 분들뿐이지요."

카론이 가볍게 웃었다.

그러면서도 외지인들 앞에서 조금도 주눅 들지 않았다.

규정상 고작 그 정도 이유로는 초소를 통과시켜 줄 수가 없기 때문이었다.

"혹시 저희 영지는 처음이십니까?"

카론이 넌지시 물었다.

중년 사내의 모습이 얼핏 봐도 어수룩해 보이는 게 아베론 영지의 사정에 대해 전혀 모르는 눈치였다.

아니나 다를까.

"처음이네만."

중년 사내가 당당하게 고개를 끄덕였다.

'그러면 그렇지.'

카론은 속으로 한숨을 내쉬었다.

아베론 영지를 한 번이라도 방문한 이들은 알아서 허가를 받아놓는다.

초소를 통과하는 가장 간단한 방법이 허가서라는 사실을 잘 알기 때문이었다.

피치 못할 사정이 생겨 미처 허가를 받지 못하는 이들은 그럴듯한 사정을 댔다.

그래서 영지에 왕래가 빈번한 이들은 병사 재량으로 초소를 통과시켜 주는 경우도 있었다.

그런데 중년 사내는 이도 저도 아니었다. 영지 방문도 처음인데다가 융통성마저 없었다.

"사전에 허가는 받으셨습니까?"

카론이 살짝 짜증 섞인 얼굴로 물었다.

만약 허가를 받지 않았다면 군말없이 되돌려 보낼 생각이었다.

그러자 중년 사내가 어처구니없다는 표정을 지었다.

"허가라……. 내가 아베론 영지에 들어가겠다는데 따로 허가를 받아야 한다는 말인가?"

중년인의 목소리에 노기가 섞였다.

발신인도 모르는 서신 한 장에 모든 것을 팽개쳐 두고 여기까지 왔는데 이제 와 허락을 받으라니. 그야말로 자존심이 상할 노릇이었다.

하지만 중년 사내는 미처 알지 못했다.

형식상 아베론 영지는 설사 제국의 황제라 하더라도 허락 없이 들어올 수가 없는 곳임을 말이다.

제22장

변화의 조짐 Part 4

1

"허가를 받으셨다면 이름을 말씀해 주시고 아니시라면 그만 돌아가 주십시오."

카론이 정중히 축객령을 내렸다.

가끔 외지인들 중에는 호기심 삼아 아베론 영지를 기웃거리는 이들이 없지 않았다.

그런 이들 때문에 병사들의 고충거리만 늘어나는 상황이었다.

그러나 중년 사내는 소위 말하는 불청객이 아니었다. 당당히 초대를 받고 온 아베론 영지의 손님이었다.

"감히! 우리 스승님이 누군 줄 알고 이런 무례를 저지르는 거죠?"

참다못한 중년 사내의 제자가 냉큼 끼어들었다.

스승인 중년 사내의 이름은 대륙에서도 이름이 높았다.

한낱 병사 따위가 함부로 물을 수 있는 이름이 아니었다.

하지만 카론의 눈에는 그 모든 게 그저 허세를 부리는 것처럼 느껴졌다.

"얼마나 대단한 분이신지 이름을 말씀해 주시겠습니까?"

카론이 다시 공손이 말을 붙였다. 하지만 그의 표정에는 조롱이 섞여 있었다.

"시리우스! 이게 우리 사부님 이름이에요. 설마 들어보지 못한 건 아니겠죠?"

또 다른 제자가 냉큼 맞받아쳤다.

"시리…… 우스?"

순간 카론의 얼굴에 당혹감이 번졌다.

얼마 전 아베론 성으로부터 받은 통행 허가 목록에서 시리우스란 이름을 보았던 것도 같았다.

"자, 잠시만 기다려 주십시오."

카론이 냉큼 초소 안으로 들어갔다. 그리고 아베론 성에서 보내 온 서신들을 빠르게 훑었다.

"헛……!"

예상처럼 서신들 속에는 시리우스란 이름이 포함되어 있었다.

그것도 평범한 통행 허가서가 아니었다.

아베론 영지의 귀빈들에게만 발급이 된다는 영주의 인장이 찍혀 있었다.

"모, 몰라 뵈어서 죄송합니다. 시리우스님."

밖으로 뛰쳐나간 카론이 냉큼 고개를 숙였다.

그러자 중년 사내, 시리우스가 대답 대신 싸늘하게 코웃음을 쳤다.

하지만 이번 일은 무작정 카론의 무례라 보기 어려웠다.

시리우스가 처음부터 자신을 밝혔다면 불필요한 감정싸움이 일어나지는 않았을 것이다.

"영주님께서 직접 입성을 허락하셨습니다. 안쪽으로 들어가십시오."

카론이 바짝 몸을 낮추며 시리우스를 안내했다.

그런 카론을 노골적으로 노려보던 시리우스가 한결 개운해진 얼굴로 초소 안으로 발걸음을 옮겼다.

"이제 우리 스승님이 얼마나 대단한 줄 알겠죠?"

"다음부터는 좀 똑바로 알아보세요!"

시리우스의 두 제자들이 고소하다는 얼굴로 쏘아붙였다.

카론은 그저 연신 고개만 숙여댔다.

아베론 영지의 귀빈을 잘못 알아보고 모욕을 주었으니 입이 열 개라도 차마 할 말이 없었다.

2

시리우스 일행이 잠시 초소에서 기다리는 사이 아베론 성으로부터 마차가 도착했다.

"뭐야? 고작 이두마차야?"

"스승님, 이거 기분이 팍팍 상하는데요?"

시리우스의 두 제자, 레이나와 셀레나가 돌아가며 불만을 터뜨렸다.

대마법사라 불리는 시리우스를 초대해 놓고 고작 말 두 마리 달린 허름한 마차라니. 초소에 이어 연달아 모욕을 당한 기분이었다.

하지만 시리우스는 애써 침묵을 지켰다.

지금은 대접을 따지기보다 자신에게 서신을 보낸 누군가를 만나는 게 먼저였다.

"마차에 오르십시오."

마부가 마차의 문을 열며 말했다. 그러자 시리우스가 망설임없이 마차 위로 올라탔다.

시리우스에 이어 레이나 셀레나도 어쩔 수 없다는 얼굴로 마차에 올랐다.

마차 문이 신경질적으로 닫히는 것을 확인한 뒤에 마부는 마부석에 올라 부지런히 채찍을 휘둘러댔다.

"스승님, 저길 보세요."

창밖을 내다보던 셀레나가 성을 가리키며 말했다.

어둠 사이로 보이는 아베론 성은 생각했던 것보다 제법 웅장해 보였다.

처음부터 백작령의 규모를 염두에 두고 만들었다 보니 아베론 성의 실제 크기도 백작령의 중심지에 버금갈 정도였다.

시리우스의 얼굴에도 살짝 기대감이 엿보였다.

허름하고 불쾌했던 초소와는 달리 아베론 성은 번듯한 모습은 제법 마음에 들었다.

"그런데 스승님, 그 서신은 대체 누가 보냈을까요?"

한참 동안 아베론 성을 구경하던 레이나가 시리우스를 바라봤다.

아베론 성이 가까워질수록 서신의 주인에 대한 궁금증이 치솟은 것이다.

"그야 당연히 영주님 아니겠어? 그렇지 않고서야 스승님이 제국을 떠나실 리가 없잖아?"

셀레나가 당연하다는 얼굴로 말했다.

그녀는 대마법사인 스승을 초청하기 위해서는 당연히 이

름 높은 영지의 영주는 되어야 한다고 생각하고 있었다.

시리우스도 셀레나의 말에 내심 고개를 끄덕였다.

그 역시도 자신을 초대한 이가 아베론 영지의 영주일 것이라고 예상하고 있었다.

그리고 시리우스는 아베론의 영주가 자신을 부른 이유에 대해서도 어느 정도 파악을 끝낸 상태였다.

아마 십중팔구 실전된 암흑 마법을 대가로 충성을 요구할 게 틀림없었다.

이름을 숨기고 활동하던 자신에게 정확히 서신을 보낸 것으로 보아 그럴 가능성이 농후해 보였다.

시리우스는 만일 아베론의 영주가 자신의 마법적인 갈증을 해결해 줄 수 있다면 생에 최초로 주군을 섬겨 볼 마음도 먹은 상태였다.

그만큼 시리우스는 가로막힌 벽을 넘고 싶은 갈망이 컸다.

몇 개의 벽만 넘으면 8레벨을 완성시키고 불가능하다는 9레벨을 엿보게 될지도 모르는데 몇 년째 제자리걸음만 하고 있는 스스로에게 환멸을 느끼던 차였다.

그래서 초소 병사에게 심한 모욕을 당했을 때에도 시리우스는 이를 악물고 참았다.

자유 마법사로서 누렸던 모든 권리를 포기하더라도 마법 능력을 향상시킬 수만 있다면 무엇이든 할 생각이었다.

그런 시리우스의 조바심을 느낀 듯 마차는 빠르게 대로를 내달렸다. 그리고 아베론 성 안으로 들어갔다.

"아베론 영지에 오신 것을 환영합니다. 그렇지 않아도 라인하르트님께서 오래 전부터 기다리고 계십니다."

아르메스가 아베론 영지를 대표해 시리우스를 맞았다.

본래라면 아돌프의 몫이겠지만 시리우스는 아베론 영지의 손님이기 이전에 라인하르트의 손님이었다.

당연히 브론즈 남작가가 먼저 나설 수밖에 없었다.

"라인하르트님이 영주님이신가요?"

시리우스의 옆에 있던 셀레나가 냉큼 물었다. 그러자 아르메스가 가볍게 고개를 흔들었다.

"라인하르트님은 아베론 영지의 마법사이십니다. 그리고 그분께서 시리우스님께 서신을 보낸 것으로 알고 있습니다."

아르메스가 대략적인 상황을 설명했다. 순간 시리우스와 제자들의 표정이 교차했다.

시리우스의 제자들은 실망감을 감추지 못했다.

대마법사인 스승을 부른 게 고작 영지의 마법사였다니.

현재 가장 대단한 위세를 뽐내는 빛의 마탑의 탑주라 하더라도 감히 그런 무례를 저지르지는 못했을 것이라 여겼다.

그러나 당사자인 시리우스의 생각은 달랐다.

'마법사라. 마법사……. 설마 사라졌다고 여겼던 암흑 마법사가 남아 있었단 말인가?

시리우스는 라인하르트의 정체를 암흑 마법사라 여겼다.

그렇지 않고서야 자신에게 실전된 암흑 마법을 공개할 리 없다고 여겼다.

아베론의 영주의 부름을 받은 게 아니란 사실이 조금 자존심 상하긴 했지만 그뿐이었다.

어쩌면 라인하르트가 마법사인 편이 더 많은 걸 얻게 될지도 몰랐다.

"알겠소."

시리우스가 흔쾌히 고개를 끄덕였다.

셀레나와 레이나가 다급히 만류하려 했지만 시리우스의 결정은 달라지지 않았다.

"절 따라오십시오."

아르메스가 시리우스 일행을 라인하르트의 실험실로 안내했다.

때마침 마법 실험 중이던 라인하르트가 반가운 얼굴로 손님들을 맞았다.

"어서 와라. 내가 라인하르트다."

순간 시리우스는 물론이고 셀레나와 레이나의 얼굴이 딱딱하게 굳어졌다.

아무리 초대를 한 당사자라곤 하지만 대마법사와 그의 제자들에게 초면부터 반말이라니. 있을 수 없는 일이었다.

그러나 라인하르트는 시리우스 일행의 불만을 조금도 고려해 주지 않았다.

대신 보란 듯이 허공에 손을 뻗었다.

후아아아앙!

요란한 소리와 함께 공간이 일렁였다.

그러더니 그 공간 너머에서 새로운 공간이 모습을 드러냈다.

아공간(亞空間)!

오직 9레벨의 마법사만이 구현할 수 있다는 최상위 마법이 시리우스와 제자들의 눈앞에 펼쳐졌다.

"……!"

시리우스는 입을 쩍 하고 벌렸다.

레나와 레이나도 마찬가지였다.

시리우스가 공을 들여 가르친 덕에 철없는 그녀들조차 라인하르트가 얼마나 대단한 마법사인지 단번에 알아챘다.

아공간 마법이 포함된 9레벨 마법은 인간에게 허락되지 않은 마법이었다.

역사상 8레벨을 완성시킨 마법사들이 9레벨에 도전하긴 했지만 그들 중 누구도 9레벨의 벽을 넘어서지 못했다.

오직 인간으로 분한 드래곤이나 신족들만이 9레벨을 선보였을 뿐이다.

게다가 아공간 마법은 9레벨을 완성시켜야만 펼칠 수가 있었다.

다시 말해 인간이 운 좋게 얻을 수 있는 마법이 아닌 셈이었다.

그렇다는 건 라인하르트가 인간이 아니란 의미였다.

드래곤, 혹은 신족(천족과 마족).

어느 쪽이든 인간들이 함부로 우러러 볼 수 없는 존재임에 틀림없었다.

그렇다면…… 대마법사가 아니라 설사 제국의 황제라도 그들 앞에서 당당히 고개를 들 수 없는 것이다.

"라, 라인하르트님을 뵙습니다."

시리우스가 먼저 바닥에 몸을 낮췄다. 그를 따라 레이나와 셀레나도 납작 엎드렸다.

그들을 향해 라인하르트가 짓궂게 웃음을 흘렸다. 마치 재미난 장난감이라도 손에 얻은 표정이었다.

"그렇게까지 예의를 갖출 거 없어. 어서들 일어나."

라인하르트가 한참 만에 시리우스 일행을 일으켰다.

하지만 그때까지도 시리우스와 그의 제자들은 정신을 차리지 못하고 있었다.

"호, 혹시 위대한 존재이십니까?"

시리우스가 조심스러운 목소리로 물었다.

대륙에 드래곤의 간섭이 사라진 지 오래라곤 하지만 가장 먼저 떠오르는 건 역시나 드래곤일 수밖에 없었다.

그러자 라인하르트가 피식 웃음을 흘렸다.

그러더니 시리우스의 귓가에만 들릴 듯한 목소리로 나직이 속삭였다.

"난 위대한 존재가 아니다."

"그, 그렇다면……!"

"너희는 나를 가리켜 어둠의 일족이라 부른다만."

라인하르트의 말에 시리우스의 얼굴이 하얗게 질려 버렸다.

인간들이 어둠의 일족이라 부르는 건 오로지 마족밖에 없었다.

만일 평범한 마법사가 라인하르트의 실체를 알았다면 그 자리에서 기겁하고 주저앉아 버렸을지 몰랐다.

그만큼 대륙의 인간들에게 있어 마족이란 위험천만한 존재였다.

하지만 정작 시리우스는 라인하르트에 대해 거부감을 조금도 갖지 않았다.

오히려 속으로는 라인하르트가 마족이란 사실에 기쁨을 감추지 못했다.

암흑 마법이란 본래 마족들의 마법을 본떠 만든 마법이었다.

그런데 암흑 마법의 본류(本流)라 할 수 있는 마족을 만나게 됐으니 실전된 암흑 마법을 되찾는 것도 더 이상 불가능한 바람만은 아니게 됐다.

어디 그뿐인가?

마법적인 능력만 놓고 봤을 때 마족은 드래곤이나 천족보다 훨씬 뛰어난 존재였다.

중간계에 마법을 알린 건 다름 아닌 마족이었다.

마족들이 신력을 변형시켜 만든 새로운 능력이 마법이라는 이름으로 퍼져 나간 것이다.

물론 마법의 일족이라 불리는 드래곤들도 고레벨의 마법을 자유자재로 구사하는 편이었다.

하지만 시리우스가 원하는 암흑 마법에 있어서는 마족만큼 정통하지는 않았다.

이례적으로 블랙 드래곤들이 암흑 마법을 사용하긴 하지만 감히 마족에 비할 정도는 아니었다.

천족도 마찬가지였다. 천족들은 신성력이라 불리는 성스러운 힘을 주로 사용하기 때문에 마법을 가까이 하지 않는 편이었다.

당연히 신성력과 반대 계열에 있는 암흑 마법을 다룰 리 없었다.

결과적으로 드래곤과 천족, 마족 중 시리우스에게 도움이 될 만한 존재는 마족밖에 없었다.

그런데 천만다행히도 라인하르트라는 마족을 만나게 된 것이다.

시리우스의 입장에서는 이보다 더 큰 행운이 없었다.

설사 크로노스 왕국의 멸망과 함께 대륙에서 자취를 감추었다던 암흑 마법사가 눈앞에 나타났다 하더라도 감히 라인하르트와 비교할 수는 없을 것이다.

그런 시리우스의 속마음을 읽은 것일까?

"어떠냐? 내 밑에서 마법이란 걸 배워 보겠느냐?"

라인하르트가 넌지시 물었다.

그러자 시리우스가 일말의 망설임도 없이 고개를 끄덕였다.

암흑 마법에 목말라 있는 그로서는 마다할 이유가 없는 제안이었다.

"무엇이든 시켜만 주십시오. 오늘 이 시간부터 라인하르트 님의 손과 발이 되겠습니다."

시리우스가 다시 몸을 낮췄다. 그를 따라 셀레나와 레이나도 납작 몸을 엎드렸다.

"네게 밝혔듯 난 마족이다. 그래도 괜찮겠느냐?"

라인하르트가 마지막으로 시리우스의 의지를 물었다.

"라인하르트님께서 어둠의 일족이시라 하더라도 저는 죽을 때까지 라인하르트님을 따르겠습니다."

시리우스가 단호한 목소리로 말했다.

암흑 마법을 잇는 그에게 있어 이보다 더 좋은 기회란 없었다.

"네 제자들이냐?"

라인하르트의 시선이 셀레나와 레이나에게 향했다. 그러자 시리우스가 냉큼 고개를 끄덕였다.

"제가 가르친 제자들입니다. 원하신다면…… 얼마든지 취하셔도 상관없습니다."

시리우스가 두 제자의 소유권을 라인하르트에게 맡겼다.

만에 하나 라인하르트가 셀레나와 레이나의 몸을 원하더라도 흔쾌히 따를 생각이었다.

실제로 중간계에 소환된 마족들 중에는 여색을 밝히는 이들도 적잖았다.

하지만 라인하르트는 시리우스의 두 제자를 취할 마음이 전혀 없었다.

라인하르트는 마계의 공작이다.

그렇다 보니 그의 주변에는 신분 상승을 꿈꾸는 마계의 수많은 미녀가 득실거리고 있었다.

마계의 미녀들에 비해 세레나와 레이나는 크게 돋보이지 않았다.

게다가 진심으로 라인하르트를 섬기려는 마음 자세도 부족했다.

"네 제자들은 앞으로 내 제자나 마찬가지다. 그러니 쓸데없는 생각은 버려라."

라인하르트가 단호하게 선을 그었다.

만에 하나라도 세레나와 레이나가 허튼 마음을 품고 자신의 침대로 올라오는 건 사절이었다.

"알겠습니다. 라인하르트님."

최악의 사태까지 대비했던 시리우스의 표정이 한결 가벼워졌다.

덩달아 셀레나와 레이나의 얼굴에도 안도감이 번졌다.

3

"제게 암흑 마법을 가르쳐 주십시오."

시리우스는 라인하르트에게 정중히 청했다.

그가 자유 마법사로서 모든 것을 버리고 아베론 영지를 찾아온 이유는 오로지 암흑 마법을 배우기 위해서였다.

"네가 내 제자가 되었으니 네게 암흑 마법을 가르쳐 주는 건 별로 어려운 일이 아니다."

라인하르트가 대수롭지 않은 얼굴로 말했다.

대륙에 존재했던 암흑 마법은 마계 마법에 비한다면 극히 일부에 불과했다.

그것들을 다시 인간인 시리우스에게 돌려줘 봐야 크게 문제될 건 없었다.

"감사합니다, 라인하르트님."

시리우스가 감격 어린 얼굴로 고개를 숙였다.

설마하니 라인하르트가 자신의 청을 대번에 허락해 줄 것이라고는 생각지도 못한 눈치였다.

하지만 라인하르트의 말은 아직 끝나지 않았다.

"대신 그전에 몇 가지 조건이 있다."

라인하르트가 슬쩍 입가를 비틀었다. 순간 시리우스의 얼굴에 긴장감이 어렸다.

"마, 말씀하십시오."

시리우스가 말을 더듬었다.

라인하르트가 조건이라고 말했지만 암흑 마법을 배워야 하는 시리우스의 입장에서는 절대적인 명령이나 다를 바 없었다.

"레이샤드님은 마계의 위대하신 분의 보호를 받고 있다. 나 또한 레이샤드님을 곁에서 도와드리는 중이다. 하지만 마족으로서 내가 할 수 있는 일은 제한될 수밖에 없다. 그러니 날 대신해 네가 레이샤드님을 섬겨야 한다. 할 수 있겠느냐?"

라인하르트가 첫 번째 조건을 말했다.

그것은 바로 레이샤드를 섬기는 것.

아베론 영지에 올 때부터 어느 정도 마음의 준비를 했던 시리우스에게는 크게 어렵지 않은 명령이었다.

"그렇게 하겠습니다, 라인하르트님."

시리우스가 냉큼 고개를 숙였다. 오늘 이후로 자유 마법사라는 신분은 사라지겠지만 그로 인해 암흑 마법을 얻게 되었으니 아까울 건 하나도 없었다.

"지난번 빛의 마탑과 접촉하면서 부득이하게 네 이름을 빌려 썼다. 그래서 세상은 내가 너인 줄 안다. 따라서 앞으로 너는 네 이름을 버리고 새로운 존재로 살아가야 한다. 알겠느냐?"

라인하르트가 이어 두 번째 조건을 말했다.

시리우스라는 이름을 포기할 것.

순간 시리우스의 표정이 살짝 흔들렸다.

마법사에게 있어 이름이란 때로는 모든 것이나 마찬가지였다.

마법사들이 보다 높은 마법 경지를 바라는 것도 어찌 보면 이름을 높이기 위해서였다.

그런 이름을 포기하라는 건 마법사로서 이룬 모든 것을 포기하라는 것이나 마찬가지였다.

자유 마법사의 신분을 포기한 시리우스에게는 상당히 잔인한 명령이나 마찬가지였다.

하지만 시리우스에게는 애당초 선택의 여지가 없었다.

"알겠…… 습니다. 라인하르트님."

시리우스가 이내 입술을 깨물었다.

라인하르트의 곁에 머문다면 시리우스로 이루었던 것보다 더 많은 것을 이루게 될 것이다.

그렇다면 그깟 이름쯤은 얼마든지 포기할 수 있었다.

"내가 모시는 마계의 위대하신 분은 크로노스 왕국의 재건을 바라고 계신다. 그리고 그분은 레이샤드님을 그 적임자로 선택하셨다. 따라서 너 또한 위대하신 분과 레이샤드님을 도와 대업에 동참해야 한다. 알겠느냐?"

라인하르트가 마지막 조건을 말했다.

바로 크로노스 왕국의 재건을 위해 힘쓰라는 것.

시리우스는 흔쾌히 고개를 끄덕였다

그 역시도 아베론 영지와 같은 보잘것없는 곳을 위해 평생을 허비하고 싶은 마음은 없었다.

"크로노스 왕국을 재건하는 데 제 모든 것을 내걸겠습니다, 라인하르트님."

시리우스가 깊게 고개를 숙였다.

크로노스 왕국의 재건과 같은 엄청난 일에 자신이 쓰이게 되어 오히려 영광이라는 표정이었다.

"이제 내가 할 말은 끝났다. 너는 일단 레이샤드님을 찾아 뵈어라. 가서 그분의 마음을 얻어라."

라인하르트가 제자로 맞이한 시리우스에게 첫 번째 과제를 주었다.

"알겠습니다, 라인하르트님."

시리우스가 결연한 얼굴로 자리에서 일어났다. 그리고 두 제자들을 이끌고 레이샤드의 집무실로 향했다.

"레이샤드님, 영지를 찾아온 마법사가 레이샤드님을 뵙고 싶다고 합니다."

이번에도 시리우스 일행의 안내를 맡은 아르메스가 나직한 목소리로 고했다.

"들어오라 하세요."

레이샤드가 입실을 허락했다.

그러자 레이샤드의 집무실 앞을 지키고 있던 병사가 조심스럽게 문을 열었다.

"안으로 들어가십시오."

아르메스가 시리우스에게 가볍게 고개를 숙였다.

"감사합니다."

시리우스는 크게 숨을 들이켰다. 그리고는 조심스럽게 집무실 안으로 들어갔다.

"어서 오세요. 이쪽으로 앉으세요."

레이샤드가 직접 자리에서 일어나 시리우스와 그의 제자들을 반갑게 맞았다.

"가, 감사합니다. 영주님."

레이샤드가 이렇게까지 환대를 해올 것이라고는 예상치 못한 듯 시리우스는 물론이고 셀레나와 레이나도 어쩔 줄을 몰라 했다.

집무실로 들어오기 전까지 시리우스는 레이샤드가 결코 만만찮은 상대일 것이라 지레짐작했다.

그렇지 않고서야 라인하르트가 모신다는 마계의 위대한 존재가 레이샤드를 보호할 리 없다고 여겼다.

하지만 직접 만나 본 레이샤드는 시리우스에게 신선한 충격을 주었다.

뭐랄까. 때 묻지 않은 순수한 영혼이라고 할까.

대륙을 돌며 수많은 일을 겪고 수많은 이를 만나 왔지만 레이샤드 같은 부류는 결코 흔치 않았다.

그래서 시리우스는 레이샤드가 부담스러웠다.

게다가 상대는 마족의 섬김을 받는 영주.

자신의 말과 행동이 조금이라도 잘못 비춰질까 봐 걱정했다.

그러나 레이샤드는 시리우스를 아무런 선입견 없이 대했다.

아베론 영지를 위해 일할 마법사들을 초청했다는 라인하르트의 말을 믿었기 때문이었다.

"라인하르트 경에게 이야기를 들었어요. 우리 아베론 영지를 위해 일해 주시겠다고요?"

레이샤드가 기대 어린 눈으로 말을 꺼냈다. 그러자 시리우스가 어색하게 웃으며 고개를 끄덕였다.

"그, 그렇습니다. 영주님. 라인하르트님의 부름을 받고 레이샤드님과 아베론 영지를 위해 힘써 일하고자 찾아왔습니다. 부디 저와 제 제자들을 영지의 식구로 받아주십시오."

시리우스가 제법 간절한 목소리로 청했다.

8레벨을 넘어선 대마법사가 고작 이름뿐인 영지에 목을 맨다는 게 상식적으로 말이 안 되는 일이었지만 시리우스에게는 다른 방법이 없었다.

"그렇게까지 말한다면 좋아요. 앞으로 아베론 영지를 위해 힘써 주세요."

레이샤드가 웃으며 고개를 끄덕였다.

"최선을 다하겠습니다."

시리우스가 더욱 깊숙이 고개를 숙였다.

그렇게 수많은 제안을 뿌리치고 대륙을 떠돌던 시리우스

는 아베론 영지의 마법사로서 새로운 삶을 살게 되었다.

4

시리우스는 세르베스라는 이름으로 개명을 했다.

어차피 자유 마법사 시리우스로 살면서 수많은 가명을 써 왔기 때문에 세르베스란 이름에 대해 특별한 반감은 없었다.

반면 셀레나와 레이나는 지금의 이름을 유지하는 것으로 결론이 났다.

시리우스는 지금껏 자유 마법사로 지내면서 외부에 얼굴을 알린 적이 거의 없었다.

하지만 지인들과의 서신을 통해 셀레나와 레이나를 제자로 들였다는 사실을 밝혔다.

라인하르트가 대외적으로 시리우스 노릇을 하기 위해서는 셀레나와 레이나의 도움이 필요했다.

셀레나와 레이나가 라인하르트를 시리우스처럼 대하면 그 누구도 그의 정체를 함부로 의심하지 못할 게 틀림없었다.

"이걸 보거라."

라인하르트는 시리우스에게 가장 먼저 포션 제조에 대해서 일러주었다.

라인하르트가 마기에 의해 변형된 식물을 이용해 포션을

만들었다는 사실에 시리우스는 존경심을 감추지 못했다.

포션 제조는 현대의 마법 중에서도 까다롭기로 정평이 나 있었다.

제아무리 대마법사라 하더라도 포션 제조까지 완벽하게 해내기란 쉽지 않은 일이었다.

시리우스도 실전된 암흑 마법을 찾아 헤매느라 포션 제조에 대해서는 별다른 관심을 보이지 않았다.

하지만 라인하르트는 시리우스와 셀레나, 레이나에게 포션 제조를 맡길 생각을 가지고 있었다.

어차피 포션 제조는 아베론 영지의 수익 향상을 위한 일이었다.

그렇다면 공식적인 영지 마법사가 될 시리우스가 일을 맡는 편이 나았다.

하지만 시리우스는 선불리 고개를 끄덕이지 못했다.

수백 병 규모의 포션이라면 또 모르겠지만 수만 병이나 되는 포션을 만들어내기 위해서는 충분한 인력이 필요한 상황이었다.

그것을 단 세 명이서 해내기란 불가능에 가까운 일이었다.

"라인하르트님, 아베론 영지에서 마나의 재능을 가진 아이들을 제자로 삼을 수 있도록 허락해 주십시오."

시리우스가 라인하르트에게 청했다

자신이 마스터였을 때라면 필요에 따라 얼마든지 인력을 구했겠지만 라인하르트의 제자로 들어간 이상 먼저 그의 허락을 받아야 했다.

하지만 라인하르트는 불필요한 관례 같은 걸 그리 중요하게 여기지 않았다.

"필요한 일이라면 뜻대로 해라."

라인하르트가 흔쾌히 고개를 끄덕였다.

"감사합니다, 라인하르트님."

시리우스가 공손히 고개를 숙였다.

"아울러 앞으로는 내가 섬기는 위대하신 분과 레이샤드님, 그리고 아베론 영지와 나를 위하는 일이라면 허락을 받지 않고 먼저 행해도 상관없다."

라인하르트는 시리우스에게 나름의 권한도 함께 일임했다.

시리우스가 아베론 영지의 마법사로서 제 역할을 다하기 위해서는 조금 더 능동적일 필요가 있었다.

"절 믿어주셔서 감사합니다. 결코 실망시켜 드리는 일이 없도록 노력하겠습니다."

시리우스는 기쁨을 감추지 못했다.

라인하르트가 자신에게 자율권을 주었다는 건 그만큼 믿고 있다는 의미였다.

그것은 단순히 제자가 아니라 한 명의 마법사로서 인정한다는 뜻이나 마찬가지였다.

시리우스는 먼저 행정을 담당하는 모비드를 찾아갔다. 그리고 영지에 7세 미만의 인구수를 확인했다.

일반적으로 마법사가 되기 위해서는 7세 전후에 마법에 입문해야 했다.

그보다 입문이 늦을 경우 심장에 마나 고리(써클)를 쌓는데 부담이 될 수 있었다.

"7세 미만의 인구라……. 잠시만 기다려 주십시오."

모비드가 인구 조사표를 살폈다.

지난번 농경지에 식물들을 재배할 때 확인하기로는 나이가 너무 많거나 적어 노동에 활용하지 못하는 인구가 350명이었다. 그리고 그들 중에 7세가 지나지 않은 인구는 총 98명이었다.

"그 아이들의 이름과 사는 곳을 알 수 있겠습니까?"

시리우스가 정중히 부탁했다. 그러자 모비드가 흔쾌히 고개를 끄덕였다.

"물론입니다. 잠시만 기다려 주십시오."

모비드는 손수 아이들의 이름과 나이, 주소를 적어 시리우스에게 전해 주었다.

그것을 가지고 시리우스는 셀레나와 레이나와 함께 아베

론 영지로 나섰다.

첫 번째로 이름을 올린 아이는 네만.

광부를 아버지로 둔 올해로 6살이 된 소년이었다.

시리우스는 직접 네만의 집을 찾아가 그의 어머니에게 양해를 구했다.

네만의 어머니는 아들이 마법사가 될 수도 있다는 사실에 크게 기뻐했다.

그녀는 네만을 깨끗이 목욕을 시키고 새 옷으로 갈아입힌 뒤 시리우스 앞에 내놓았다.

"어디 보자."

시리우스는 가만히 네만의 손목을 붙들었다. 그리고 천천히 마나를 끌어 올렸다.

마법적인 재능이 있는 아이들의 경우 순도 높은 마나에 반응을 보이곤 했다. 하지만 네만은 겁을 먹은 표정만 지을 뿐이었다.

"이 아이는 아니다."

시리우스가 천천히 고개를 흔들었다.

그러자 네만의 어머니는 그럴 리 없다며 다시 한 번 살펴 줄 것을 간청했다.

어떻게든 아들인 네만을 마법사로 만들고 싶은 모양이었다.

하지만 7세 미만이라고 해서 누구나 마법사가 될 수 있는 것은 아니었다. 마나에 대한 기본적인 감응력이 남달라야만 했다.

시리우스는 울며불며 매달리는 네만의 어머니를 떼놓고 다음 집으로 향했다.

시리라는 7살짜리 여자 아이가 사는 집이었다.

시리의 어머니도 딸의 마법적인 재능을 확인하고 싶다는 시리우스의 말에 긍정적인 반응을 보였다.

그렇지 않아도 딸의 장래가 걱정스럽던 상황에서 운 좋게 마법사라도 된다면 그보다 더 좋은 일은 없을 것 같았다.

네만에게 했던 것처럼 시리우스가 시리의 손목을 잡고 마나를 끌어 올렸다.

그러자 시리가 마치 불에라도 데인 것처럼 비명을 내지르더니 손을 잡아당겼다.

놀랍게도 시리의 손목에는 불에 덴 것 같은 뜨거운 화상 자국이 남아 있었다.

"스승님! 불의 마나에 대한 감응력이 있어요!"

셀레나가 기쁜 얼굴로 말했다.

비록 암흑 마법에 대한 감응력은 아니지만 어쨌든 마법사가 될 수 있는 기본적인 자질을 가지고 있는 게 틀림없었다.

"따님께서 마법에 재능이 있습니다."

시리우스는 시리의 어머니에게 그 사실을 전했다.

"제 딸을 잘 부탁드립니다."

시리의 어머니는 군말하지 않고 딸을 시리우스에게 맡겼다.

당장 외진 마탑으로 데려가는 것도 아니고 아베론 성에서 마법사가 될 수 있도록 교육을 시키겠다는 데 마다할 부모는 아무도 없었다.

그렇게 시리우스는 98명의 아이를 일일이 상대했다. 그리고 총 12명에게서 마법적인 재능을 발견해 냈다.

시리우스는 레이샤드를 찾아가 12명의 아이에게 마법을 가르치고 싶다는 뜻을 전했다. 아울러 마법사 육성에 필요한 재정 지원을 요청했다.

"그런 일이라면 얼마든지 도와야지요."

레이샤드는 군말없이 시리우스의 요청을 받아들였다. 그리고 아돌프를 불러 재정 지원을 지시했다.

레이샤드는 라인하르트가 만든 포션 거래로 벌어들인 수익금 중 절반을 마법 지원 용도로 지정해 놓았다.

라인하르트 덕분에 아베론 영지의 재정이 훨씬 좋아졌기 때문에 관리들 중 누구도 그 결정에 반발하지 못했다.

"일단 1천 골드를 지원하겠습니다. 더 필요하다면 얼마든지 말씀하십시오."

아돌프는 시리우스에게 1천 골드를 내주었다.

시리우스는 그 돈을 가지고 12명의 아이를 가르칠 준비를 시작했다.

7살짜리 마법사 하나를 1년간 키우고 가르치는 데 드는 비용은 생각 이상으로 많았다.

경우에 따라 다르긴 하지만 평균적으로 50골드 이상이 소요되었다.

산술적으로 계산했을 때 12명의 아이를 1년간 보살피는 데 총 600골드가 필요했다.

마법사 육성을 위한 기반 시설이 전혀 없다는 점을 감안하면 초기 지출은 더 늘어날지 몰랐다.

하지만 시리우스는 크게 걱정하지 않았다.

아이들을 포션 제작에 참여시키고 그를 통해 수입을 남기면 재정 문제는 얼마든지 해결할 수 있기 때문이다.

마법사가 될 수 있다는 희망에 들뜬 아이들은 부지런히 일을 배웠다.

시리우스는 아이들에게 식물들을 다듬고 원액을 추출해서 포션의 기본이 되는 재료들을 만들도록 했다.

그것을 셀레나와 레이나가 조합해서 시리우스에게 건네면 시리우스는 다시 마법적인 능력을 부여해 포션으로 만드는 작업을 시작했다.

그렇게 열흘 가까이 시범적으로 포션 제작을 시행한 결과 30%의 성공률을 낼 수 있었다.

라인하르트가 만들었을 때에 비하면 실패율이 높은 편이었지만 일반적인 포션 제작 공정의 성공률에 비한다면 그렇게까지 실망스런 결과는 아니었다.

그러나 라인하르트의 기대를 충족시키기 위해서는 지금보다 훨씬 높은 성공률을 보여야 했다.

"스승님, 아무래도 안 되겠어요. 아이들만으로는 무리예요. 마탑의 일을 도울 만한 하인들이 필요해요."

셀레나가 시리우스에게 말했다.

12명의 아이가 나름 열심히 포션 제작을 돕고 있지만 신체적으로 다 성장하지 못한 그들이 할 수 있는 일이란 제한되어 있었다.

게다가 마법적인 능력을 지닌 아이들을 단순 노동에 활용한다는 건 지극히 비효율적인 일이었다.

12명의 아이는 장차 아베론 영지마탑의 중추가 될 핵심 인력들이었다.

그들을 단순히 일꾼으로 부려먹기보다는 각자의 마법 실력을 향상시킬 수 있는 작업에 투입하는 것이 백번 나은 일이었다.

시리우스가 12명의 아이를 포션 제작에 참여시킨 궁극적인 이유도 단순히 돈을 벌기 위해서만이 아니었다.

라인하르트가 만든 포션은 식물의 특성과 마법의 힘이 결합된 복합 포션이었다.

그렇다 보니 포션 제작에 함께하는 것만으로도 마나에 대한 감응력과 이해도를 높일 수 있었다.

이대로 포션 제작에 참여하도록 한다면 아이들은 대륙의 그 어떤 마탑에서도 가르치지 못하는 체험을 통한 마나 학습을 하는 셈이나 마찬가지였다.

그리고 아이들의 마법 실력을 더욱 빨리 향상시키기 위해서는 마법과 관련 없는 잡다한 일을 해줄 하인들이 필요하다는 결론을 내렸다.

시리우스는 다시 모비드를 찾아갔다.

그리고 모비드에게 마법 실험실에서 하인으로 일할 영지민들을 구해 달라고 부탁했다.

만일 아베론 영지가 부유한 남쪽에 있었다면 시리우스는 영지민들보다 노예를 샀을 것이다.

하지만 애석하게도 아베론 영지에는 노예가 없었다.

"지원자가 나올지는 모르겠습니다만 한번 구해보도록 하겠습니다."

모비드는 시리우스를 대신해 마법 실험실에서 일할 건장한 사람을 찾는다는 공고를 냈다.

하지만 사흘이 지나도록 누구 하나 신청하지 않았다.

마법 실험실에 대한 세간의 좋지 않은 소문들 때문이었다.

영지민들은 마법사들이 하인이나 노예를 대상으로 마법 실험을 한다고 믿었다.

또한 마법사 밑에서 일하는 이들은 오래 가지 않아 병으로 죽게 된다고 여겼다.

이 같은 소문에 대해 시리우스도 딱히 반박하지 못했다.

실제 괴팍한 마법사들의 경우 노예나 하인은 물론이고 제자들까지 실험 대상으로 삼는 경우가 빈번했다.

또한 인체에 해로운 마법 약품에 가까이하다 보면 병을 얻게 되는 경우도 적지 않았다.

“대륙에 떠도는 소문처럼 영지민들에게 마법을 사용한다거나 하는 일은 없을 테니 다시 한 번 지원자들을 구해주십시오.”

시리우스는 재차 모비드에게 청했다. 하지만 결론은 마찬가지였다.

모비드가 일거리가 없는 이들을 직접 찾아가보기까지 했지만 마법 실험실에서 일해야 한다는 말에 다들 고개를 흔들어댔다.

“스승님. 이렇게 된 거 어쩔 수 없이 노예를 사야 할 것 같아요.”

레이나가 한숨을 내쉬었다.

이대로는 자신들을 위해 일해 줄 사람을 구하기가 어려울 것 같았다.

시리우스는 마지못해 라인하르트를 찾아갔다. 그리고 라인하르트에게 자초지종을 설명했다.

“넌 아베론 영지에 마탑을 세우고 싶은 것이냐?”

라인하르트가 시리우스를 바라보며 물었다.

본래 아베론 영지의 마법 실험실은 라인하르트 혼자만으로도 운영이 되고 있었다.

물론 라인하르트가 아공간을 통해 마법 실험체들을 부리는 상황이었지만 외관상으로는 1인 마법 실험실이라 해도 과언이 아니었다.

라인하르트는 아베론 영지에 독립적인 마탑을 세울 생각이 없었다.

아베론 영지에 필요한 것은 마법적인 도움을 줄 수 있는 마법사이지 영지와 별개의 존재로 인식되는 마탑이 아니기 때문이었다.

하지만 시리우스의 뜻은 달랐다.

“스승님을 어찌 이런 작은 실험실에 모실 수 있겠습니까? 당장은 어렵더라도 그 토대를 만들 생각입니다.”

시리우스가 부정하지 않고 고개를 끄덕였다.

일반적으로 8레벨의 마법사 혼자서도 소형 마탑쯤은 얼마든지 만들 수가 있었다.

하물며 마족인 라인하르트가 함께하고 있다.

마법사로서 세력을 늘리고픈 욕심이 드는 게 당연한 일이었다.

라인하르트도 시리우스의 속내가 어느 정도는 이해가 갔다.

게다가 대륙의 마탑의 영향력에서 완전히 벗어나기 위해서라도 아베론 영지만의 독자적인 마법 체계를 갖추어 놓는 게 나았다.

그러나 그 대안으로 라인하르트 마탑을 만드는 건 반대였다.

이미 마계에는 라인하르트를 따르는 수천의 마족 마법사가 존재하고 있었다.

마법사로서 이름을 떨치는 것도 좋지만 중간계에 자신의 흔적을 남기고 싶지는 않았다.

괜히 욕심을 부렸다가 천족이나 드래곤들이 자신들의 일에 개입할 명분을 내주게 될지도 몰랐다

그렇다고 이제 와 시리우스의 뜻을 꺾는 것도 문제였다.

라인하르트는 분명 시리우스에게 결정의 자율권을 주었다.

그것은 다시 말해 시리우스를 자신의 능동적인 대리자로 삼겠다는 뜻이나 마찬가지였다.

그런 시리우스가 처음 생각한 게 바로 마법 체계를 갖추는 일이었다.

그리고 그 자체만 놓고 보자면 결코 잘못된 판단이 아니었다.

"제가 너무 앞서 간 것입니까?"

시리우스가 내심 걱정스러운 얼굴로 물었다.

만에 하나 라인하르트가 마음에 들어 하지 않는다면 애써 추진해 온 모든 일이 수포로 돌아갈 수 있었다.

그러자 라인하르트가 가볍게 고개를 흔들었다.

"네 뜻은 잘 알겠다. 다만 다른 마탑들처럼 개별적인 마탑을 세우는 것은 허락지 않겠다.

"그럼…… 어찌 해야 합니까?"

"아베론 마탑을 세워라. 그리고 마탑의 모든 것을 아베론 일가에 귀속시켜라. 그렇다면 내 기꺼이 널 도와주겠다."

"아베론 마탑을…… 말입니까?"

시리우스의 표정이 살짝 굳어졌다.

아베론의 주인인 레이샤드를 섬기라는 명을 받기는 했지만 설마하니 라인하르트가 자신의 영광까지 포기할 것이라고는 미처 생각하지 못한 얼굴이었다.

솔직히 시리우스는 라인하르트의 이름을 딴 마탑을 세우고 싶었다.

그래서 라인하르트의 가르침을 받으며 사라진 암흑 마탑을 다시 재건하고 싶었다.

물론 그 과정에서 아베론 영지는 충분히 도울 생각이었다.

아베론 영지가 장차 크로노스 왕국 재건의 중심에 서게 된다면 대륙의 견제를 받게 될 터.

그때 대륙 마탑들로부터 아베론 영지를 보호할 생각도 가졌다.

하지만 마탑을 아베론 영지에 귀속시킨다는 건 단 한 번도 생각해 보지 않았다.

대륙에서 특정 가문에 귀속된 마탑은 제국 마탑과 각 왕국의 마탑뿐이었다.

다른 마탑들은 나라의 틀에서 벗어난 독립적인 위치에 있었다.

시리우스는 당연히 독립 마탑을 생각했다.

대마법사로서 귀속 마탑을 세운다는 건 솔직히 자존심이 상할 노릇이었다.

비록 레이샤드를 섬기기로 마음먹었지만 시리우스는 아직까지 영주 일가에 대한 충성심이 부족한 상태였다.

레이샤드와 라인하르트가 각기 다른 명을 내린다면 마법사로서 라인하르트의 명을 따를 수밖에 없는 입장이었다.

그래서 라인하르트의 이름이 아베론 영지와 동등해지길 바랐다.

그러나 라인하르트는 욕심을 부리지 말라고 충고했다.

만일 라인하르트가 자신과 똑같은 인간이었다면 시리우스는 실망감을 금치 못했을 것이다.

그리고 어쩌면 배움을 포기하고 그의 곁을 떠났을지 몰랐다.

하지만 라인하르트는 마족. 암흑 마법의 모든 것을 알고 있는 최고의 스승이었다.

"라인하르트님의 뜻을 따르겠습니다."

한참을 고민한 끝에 시리우스는 욕심을 덜어냈다.

라인하르트가 마탑만 있어도 충분하다고 말한다면 그것이 옳은 것이라 여기려 애썼다.

그런 시리우스의 마음이 기특해 보인 것일까.

"네게 필요한 노예들은 내가 만들어주겠다. 그러니 사흘 정도만 참고 기다려라."

라인하르트가 인력 문제를 해결해 주겠다고 자처했다.

시리우스를 내보낸 뒤 라인하르트는 아공간을 열고 그 안으로 들어갔다. 그리고 장차 마탑의 일꾼이 될 마법 실험체 제작에 나섰다.

아공간에는 예전에 만들어 놓았던 마법 실험체들이 적잖게 존재해 있었다.

하지만 그들은 마족의 몸을 빌려 만들었기 때문에 중간계에 함부로 내놓을 수가 없었다.

그래서 아예 인간과 비슷한 신체 구조를 가진 몸으로 다시 만들어야 했다.

생명체의 몸을 빌려 마법 실험체를 만드는 것과 아예 신체를 만드는 건 상당한 차이가 있었다.

마법의 일족이라 불리는 드래곤이라 하더라도 쉽지 않은 일이었다.

하지만 라인하르트는 단 하루 만에 50구의 몸을 만들어냈다. 그리고 그들의 몸에 각기 자아를 심어 넣었다.

그렇게 이틀간의 자아 숙성 기간을 거친 뒤 라인하르트는 사흘째 되는 날 50명의 마법 실험체를 공개했다.

"정말 대, 대단하십니다!"

마법 실험체를 접한 시리우스는 절로 감탄이 터져 나왔다.

신들이 창조한 완전한 피조물들과는 다소 차이가 있겠지만 외관상으로 봤을 때 마법 실험체는 인간과 크게 달라 보이지 않았다.

"이들에게 자아가 있는 겁니까?"

시리우스가 마법 실험체들을 살피며 물었다.

"그렇다. 그리고 10살 인간 수준의 지능을 가지고 있다. 그러니 일을 부리기에는 좋을 것이다."

라인하르트가 대수롭지 않다는 듯 말했다.

하지만 시리우스는 10살 수준의 지능까지 갖췄다는 말에 입을 쩍 하고 벌리고 말았다.

마법 실험체는 8레벨을 완성시킨 마법사라면 누구든지 만들 수가 있었다.

물론 인간의 외형을 갖추기 위해서는 9레벨 이상의 마법적인 지식이 필요했지만 마법을 보조할 마법 실험체 제작은 8레벨로도 충분한 것이다.

그러나 실제 8레벨 마법사들 중 마법 실험체를 만든 이는 손에 꼽혔다.

마법 실험체에 자아를 입힌다는 게 생각만큼 간단한 일이 아니기 때문이다.

정상적인 마법 실험체를 만들기 위해서는 마법 중에서도 정신계 마법에 상당한 지식을 갖추고 있어야 했다.

그렇지 않고서는 또 다른 자아를 만들어내기 어려웠다.

그렇게 어렵사리 자아까지 갖췄다고 해서 온전한 마법 실험체가 되는 것은 결코 아니었다.

자아를 갖춘 마법 실험체는 갓 태어난 어린 아이나 마찬가지였다.

그들을 훈련시키기 위해서는 엄청난 시간과 인내가 필요했다.

이 과정에서 대부분의 인간 마법사는 마법 실험체 제작을 포기하고 만다.

제한된 인간의 수명상 마법 실험체가 지능을 갖출 때까지 돌보기가 불가능한 것이다.

중간계의 존재들 중 온전한 마법 실험체 제작에 도전이 가능한 이들은 드래곤뿐이었다.

그들조차 수백 년씩을 허비해야 초보적인 마법 실험체를 만들 뿐이었다.

그런데 놀랍게도 라인하르트는 고작 3일 만에 10살 수준의 마법 실험체를 만들어냈다.

태고룡(10,000만 년 이상 살아 온 드래곤)급 드래곤조차 해내지 못하는 일을 라인하르트는 아무렇지도 않게 이뤄 낸 셈이었다.

게다가 라인하르트가 만들어 낸 마법 실험체는 무려 50명에 달했다.

드래곤들도 한 번에 서넛이 고작인데 라인하르트는 그보다 몇십 배나 뛰어난 마력 운용 능력을 선보였다.

'역시……! 이분을 따르길 잘했다!'

시리우스가 존경 어린 눈으로 라인하르트를 올려다봤다.

이렇게 대단한 능력을 갖춘 라인하르트에게 가르침을 받는다면 자신도 금세 8레벨을 완성시킬 수 있을 것 같았다.

『영주 레이샤드』 4권에 계속…